水清波

◎ 秦波 著

中国书籍出版社
China Book Press

图书在版编目（CIP）数据

汉水清波 / 秦波著. -- 北京：中国书籍出版社，2023.9
（黄河诗阵丛书）
ISBN 978-7-5068-9594-1

Ⅰ. ①汉… Ⅱ. ①秦… Ⅲ. ①诗集-中国-当代 Ⅳ. ①I227

中国国家版本馆 CIP 数据核字（2023）第 179969 号

汉水清波

秦波　著

责任编辑	王志刚
责任印制	孙马飞　马　芝
封面设计	牟雄洋
出版发行	中国书籍出版社
地　　址	北京市丰台区三路居路 97 号（邮编：100073）
电　　话	（010）52257143（总编室）　（010）52257140（发行部）
电子邮箱	eo@chinabp.com.cn
经　　销	全国新华书店
印　　刷	兰州银声印务有限公司
开　　本	787 毫米×1092 毫米　1/16
字　　数	2223 千字
印　　张	193.5
版　　次	2023 年 9 月第 1 版　2023 年 9 月第 1 次印刷
书　　号	ISBN 978-7-5068-9594-1
定　　价	480.00 元（全10册）

版权所有　翻印必究

总序

张平生

万古黄河，导夫昆仑之麓，通乎星宿之源；迢迢九派，落落千秋，珠怀龙啸，风流环宇。晴光淑气，倩诗家椽笔，情抒黄河，绮霞浮彩。伴着滔滔河声，闻着浓郁果香，《黄河诗阵丛书》即将付梓。

结社黄河，诗朋荟萃，以诗成阵。为贯彻落实习近平总书记关于黄河流域生态保护和高质量发展重要论述精神，深入挖掘黄河文化蕴含的时代价值，讲黄河故事，延续历史文脉，坚定文化自信，为实现中华民族伟大复兴的中国梦凝聚精神力量，用中华诗词之妙笔，奏响"黄河大合唱"的时代强音。

黄河，是中华民族的母亲河。九曲黄河，奔腾向前，以百折不挠的磅礴气势，塑造了中华民族自强不息的民族品格，是中华民族坚定文化自信的重要根基，是中华文化的重要元素。上善若水，文明与河流是密切相关的。世界上最大的文明产生地都与河流密切相关。黄河在我国流经九省区，全长5464公里，流域面积约752443平方公里。早在上古时期，炎黄二帝的传说就产生于黄河流域。在我国五千多年文明史上，黄河流域有三千多年是全国政治、经济、文化中心，它孕育了河湟文化、河洛文化、关中文化、三晋文化、齐鲁文化等，诞生了"四大发明"和《诗经》《老子》《史记》等经典著作，留下了无与伦比的文化积淀。

中华民族自古以来是诗的国度、诗的沃土，从"蒹葭苍苍，白露为霜"，到"大漠孤烟，长河落日"；从"雄关漫道"，到"六盘山上高峰"，长城迤逦，雄关巍峨，"西北有高楼"，阳关多故人。千百年间，对黄河之赞美，咏潮迭起，佳作浩繁，蔚为大观。黄河落天走东海，万里写入胸怀间。在黄河涛声孕育之中，千百年来留下无数荡气回肠的诗篇。神州诗人兴起，四海词骚蔚然。《黄河诗阵丛书》挟时代浪潮，深情讴歌黄河文化蕴含的时代价值，为黄河流域生态文明建设和高质量发展助力。吟肩结阵，鸾凤和鸣；结社耕耘，风雅颂扬；登坛贡赋，珍珠万斛。沉潜韵海，多发清越之声；寄意风韵，更赋壮遒之词。

编辑出版《黄河诗阵丛书》，以古典诗、词、曲、赋、联的形式，大视域、全流域反映黄河自然、人文特色，谱写出新时代人民治黄事业的全新篇章，影响必将遍及黄河流域，并辐射至神州大地甚至海外。万首高吟兮堪入画图，百年佳景恰逢金秋。这不仅是黄河文化建设者的骄傲，更是黄河文化在当代继承发扬光大的重要标志。

弘扬黄河精神，传承黄河文化，讲述黄河故事，反映黄河新声。以诗词讴歌中华民族治黄事业的历史新境界,谱写黄河在中华民族发展新时代的辉煌乐章,是保护、传承、弘扬黄河文化的重要举措。回望万古黄河,壮美磅礴是民族品格;平视当今世界,百折不挠是华夏写照。华夏子孙对黄河的感情,正如胎记一般地不可磨灭。

　　诗自芳春连暮雪,友从青藏到东营。乾坤四季,万里疆域,无不充盈诗情画意,友情祝愿。"逝者如斯夫,不舍昼夜。"万古黄河静静流淌,以《诗经》无邪之音,高唱中华文化之博大精深,阳刚正气。诗人词家之脉搏,同母亲河之脉搏一起跳动,那是绵延不断的民族颂歌。中华民族秉黄河精神,奋斗不息,意气风发。诗家当有大情怀,珍惜人生,牢记初心。抑工部之高节,抒青莲之胸臆,咏盛世之辉煌,颂人间之美好。五千里外沧桑,九转峰头岁月。歌随波涛涌,诗流日月边。吟啸一曲,黄河梦远。此时无限意,再逐雨花天。

　　"龙文百斛鼎,笔力可独扛",千古江山还要文心滋养。"没有优秀历史传统,没有民族人文精神,一个国家、一个民族,不打就垮。"这就是文化的力量。无论阳春白雪,抑或下里巴人,诗人们挺直脊梁,尽管身如草芥,仍然傲立于天地间,"苔花如米小,也学牡丹开"。仰观俯察,吐曜含章,把一腔情怀付诸笔端,发言为文为诗,不仅为人民群众留下了温润心灵、启迪心智、喜闻乐见的优秀作品,还彰显了中华传统文化的魅力,极大丰富、不断拓展着传统文化艺术的内涵。更让自然风光与诗文合璧，光华霁月与诗心交融，是诗人之幸，山川之幸，更是中华文化之幸。

"雄关漫道真如铁，而今迈步从头越。"今天，中华民族正在迎来从站起来、富起来到强起来的伟大飞跃。在这样一个全新的时代，诗歌担负的历史使命不言而喻，为诗歌开辟的创作空间更加广阔。"文章合为时而著，歌诗合为事而作"。鲁迅曾说："无尽的远方，无数的人们，都与我有关。"幸逢中华民族伟大复兴的新时代，正期待着诗人们襟怀云水，兰台展卷，搜句裁章。弘扬主旋律，凝聚正能量，歌颂祖国，礼赞英雄，放歌新时代，咏颂真善美。

是为序。

序

诗情如水信天游

赵文博

秦波先生的诗集《汉水清波》，即将由中国书籍出版社出版发行，真让人高兴！

秦波先生，甘肃礼县人，热情豪爽，宽容大度，喜笑谈，多趣闻，工作之余热衷于诗歌创作，且成果丰硕。《汉水清波》是他的第二本诗集。

秦波先生的第一本诗集《岁月印痕》，印行于2018年，收录的是他2018年12月以前的诗作；《汉水清波》收录的是他2018年12月以后，也就是他50岁以后的诗作。如果说《岁月印痕》是他50岁以前人生写照的话，那么《汉水清波》反映的则是他50岁以后的一段心路历程。

《汉水清波》之书名，匠心独运，含意深刻。"汉水"者，西汉水也，《诗经·秦风》中的《蒹葭》《无衣》《车邻》《驷驖》《小戎》《终南》就诞生于西汉水上游的礼县境内，十首秦风，六首出自礼县，为此礼县就成了中国诗歌的发源地之一，就成了"诗和远方的旅游目的地和《秦风·蒹葭》的诞生地"，历史上"一赋压两汉"的赵壹和五代时期的"诗窖"王仁裕都是礼县人，近当代西汉水流域又涌现出了一大批全国知名诗人，故西汉水就一直被世人称作"是一条流淌着的诗河"；"清波"者，清流之波也，即西汉水里的一朵浪花、"诗河"里的一道涟漪。另外，"清波"与"秦波"谐音，明指诗作，暗喻作者，其意只可神会，其妙令人莞尔。

《汉水清波》一书中，收录的是秦波先生在 2018 年 12 月至 2022 年 9 月间创作的近 800 首诗作，创作时间短，诗作数量大，作者的勤奋和对诗歌的热爱，由此可见一斑。

秦波先生性格开朗，人际交往广，文朋诗友多，他有两大特点最是为人称道：一是心怀慈悲，乐于助人，为了成人之美，总是言必信，信必行，行必果，危难时刻两肋插刀，在所不辞；二是心胸开阔，笑口常开，常常能给枯燥乏味的生活赋予诗情画意，能给失意落魄的日子带来欢声笑语。

秦波先生的诗作任情率性，通俗易懂，兴之所至，随口吟唱，情真意切，坦荡率真。对真善美的热爱与追求，对诗意人生的向往和憧憬，以及天真烂漫、不披不藏的性格特征，在字里行间都能够一览无余。

祖国的发展，家乡的变化，是秦波先生最为关心的事情。

当看到改革开放以来祖国大地上翻天覆地的发展变化时,他就从心底里唱出了"改革风吹四十年,河山万里换新天","神州处处舞蹁跹""复兴中华大梦圆"的欢快歌声;当看到乡亲们因为发展特色农产品而过上幸福美满日子时,他的笔下就有了"漫山遍野辣椒花,父老乡亲脸上霞"的美丽诗句;而当看到脱贫攻坚让自己的家乡旧貌换新颜时,他就有了"七载攻坚书梦想,借支神笔绘家乡"的无限感慨,以及"千里河川万点红""自有秋风作画工"的由衷赞美。

记得一位贤者曾经说过:"一个不热爱家乡的人,要叫他热爱祖国,难啊"!秦波先生就是一个把热爱祖国具体化在热爱家乡之上的神州赤子,他对祖国爱得深沉,爱得真切,更爱得具体。

面对家乡农村年轻人集体出外打工、田园荒芜的情景他极度焦虑,忧心忡忡,便用"但见骄阳下,田头多老翁"的诗句,婉转地表达了他对"空巢老人"和"留守儿童"的关心,表达了他渴望外出打工的年轻人能够尽快回乡自主创业、建设美丽幸福新家园的急切心情。

外出考察学习时,每当看到各地日新月异的发展变化,他就情不自禁地想起了家乡父老的安危冷暖,"遥问天山飞雪处,家兄可曾换衣衫",其感情纯粹真挚得能叫人潸然泪下;每当看到兄弟省市工作中取得的巨大成就时,他就想到了自己家乡发展中的短板与弱项,就想到了自己工作中的差距和不足，就有了"他山之石，可以攻玉"的念头，顷刻之间，借鉴外地经验，助推家乡早日脱贫致富奔小康的想法，就变成了"秦月年年今又是，放歌青海唱家乡"的生动诗句。

秦波先生在家乡脱贫致富奔小康的伟大事业中想做的、也是他做到了的，则是"争做螺丝功用大，无私奉献梦心圆"，既不喊不切实际的口号，也不搞欺上瞒下的形式，唯求脚踏实地、扎扎实实地做好每一件具体工作，干好每一件事情，发挥好"螺丝钉"的作用。在党中央的坚强领导下，只要每一个人都认认真真地做好自己的工作，脱贫致富奔小康的宏伟大业就一定能够如期实现，中华民族伟大复兴的中国梦就一定会早日变成现实。

秦波先生最为难能可贵的一点是，不论在何种环境与心境下，只要遇见美好的事物，他总是要用诗歌的形式记录下来，"平仄陪哥又一秋，慢敲岁月指尖流"。写诗已成了他生活中的重要组成部分，即使与亲友深夜围炉对饮，他亦要作诗助兴，"红炉对饮当吟醉，长夜无诗怎入眠"！

庭前赏雪时，会有"玉蝶飘飘小雪来""却看庭院暗香开"的美景映入眼帘；冬日品茗时，便有"心静待春光""围炉绿韵香"的佳句流淌于笔下；下乡时，看到药农清晨采药时的矫健身影，"披霞锄影动，带露药香飞"的诗句就涌上了他的心头；柳芽萌动、黄莺初鸣的美好情景出现在眼前时，"柳叶刀才举，黄莺韵已工"的美妙诗句就能从他的口里吟唱出来；面对花开花谢的自然现象，"随缘开谢无他念"的超脱，与"贵贱高低去路同"的人生感叹就能在文朋诗友间传唱开来。

坎坷曲折的成长道路，让秦波先生养成了忍辱负重、砥砺前行的勇毅精神和坚韧不拔的性格特征；丰富多彩的人生经历，让秦波先生具有了"去留无意，看庭前花开花落；宠辱不惊，望天上云卷云舒"的云水襟怀。《汉水清波》就是他在人生境遇处于低谷时创作的一本诗歌作品集，但在书中我们却看不见一丝一毫消极懈怠的情绪，感受到的唯有乐观向上的人生态度和积极进取的奋斗精神。"寒蝉何必高枝上，汉水清波韵自悠"，应该就是作者创作《汉水清波》一书时的心理状态，其超脱与豁达令人敬慕。

古人云："诗言志，歌咏情"；今人说："最好的文学一定要有哲学的境界"。说的既是诗歌的功能与作用，也是对诗歌的要求与期望。《汉水清波》的不足之处：一是有些诗作太过随意，遣词造句上功夫下得不够；二是同一句诗在好几首诗里面反复出现；三是有些诗作意境过于平淡。今后如能在炼词造句和意境升华方面再做些功课，定会百尺竿头，更进一步。

秦波先生对诗歌爱得痴迷，对人生悟得透彻，不仅工作干得有板有眼，生活过得有情有趣，而且还以积极的人生态度和全心全意为人民服务的价值观影响着别人，影响着社会。

"人生风雨寻常事,多少年华似梦中""我在青山怀抱里""千峰春意竞成诗"。几度风雨,几度春秋;烦愁即刻过,诗意心中留。秦波先生豁达乐观的胸怀与精神境界,对我们每一个人都是一种启迪;秦波先生爱诗写诗,用诗歌传递人间真情,用诗歌传播无疆大爱的诗意人生,对我们每一个人都是一种借鉴。

衷心祝愿秦波先生的心态永远年轻!

衷心希望秦波先生写出更多更好的诗歌作品!

2022 年 10 月 23 霜降日于西汉水之滨

赵文博,甘肃礼县人。甘肃省作协会员,甘肃省书协会员,陇南市文艺评论家协会主席。原陇南高等师范专科学校党委书记。

目录

诗情如水信天游

戊戌冬至有吟 …………………………………… 001
冬　至 …………………………………………… 001
冬日闲吟 ………………………………………… 001
感　吟 …………………………………………… 002
咏　雪 …………………………………………… 002
致 L 君 …………………………………………… 002
忆　梦 …………………………………………… 003
年末文友相聚有吟 ……………………………… 003
岁末感怀 ………………………………………… 003
冬日品茗 ………………………………………… 004
南乡问雪 ………………………………………… 004
小　雪 …………………………………………… 004
新年诗会有吟 …………………………………… 005
改革开放四十年赞 ……………………………… 005
友人小酌随吟 …………………………………… 006

官鹅情歌	006
答友人	006
隆冬有念	007
别乡吟	007
迎春开花喜吟	007
赠L君（新韵）	008
有　赠	008
咏　花	009
也题腊八	009
戊戌除夕	009
除夕再吟	010
戊戌除夕有吟	010
新春贺岁	010
早春晨练	011
春　雪	011
闹元宵	011
异地过元宵	012
过阶州	012
再过高楼山	012
赞白马人民俗文化旅游节	013
参加文县白马文旅节有感	013
春节文化活动总结会感吟	013
咏春绝句五首	014
己亥三八有赞	015
义务植树	015

问　春	016
寻　春	016
嵌句赞陇南文联换届	016
桃　花	017
春日感吟	017
悼凉山救火英烈（新韵）	018
迎英魂归故里	018
贺《天韵流芳》出版	018
清明又祭	019
咏梁坪油菜花基地	019
楚勤：晨和秦兄咏梁坪一绝	019
撷趣嵌诗	020
赏祁山牡丹园	020
咏礼县苹果花节	020
西山随吟	021
陇南诗词康县诗会（新韵）	021
初夏感怀	021
夏日家院随吟	022
夏日所见	022
己亥夏日感吟	022
院中观花偶成	023
悯农情	023
观荷偶得（新韵）	023
山村晚韵	024
康州赞（新韵）	024

参加儿童节活动即兴	025
贺母校竹林小学六一节	025
端午感怀	025
中诗报二室百期有赠	026
夏夜小曲	026
自咏入省作协（古风）	026
游沙金松柏川草原（四首）	027
家乡赞歌	028
观照兼赞首届祁山文化艺术节	028
过玻璃桥（新韵）	028
西和同学诗人刘清宇即兴二首	029
寺阁山诗词基地挂牌有吟	029
立秋日晨练感吟	030
秋日湫山行	030
秋　问	030
秋问（新韵）	031
中秋有寄	031
咏野菊（新韵）	031
大香山秋景	032
暮秋云屏（新韵）	032
暮秋吟（新韵）	032
暮秋吟	033
读楚勤《蜗行浅痕》有感	033
暮过石峡（新韵）	033
西行诗抄（九首）	034

国庆七十华诞颂 …………………………………… 037
拉萨行吟八首 ……………………………………… 037
青海湖二题 ………………………………………… 040
赞陇南（新韵）…………………………………… 040
再记青藏游 ………………………………………… 041
礼县女篮参加全省争霸赛赞 ……………………… 041
咏柿子 ……………………………………………… 041
韩坝柿子 …………………………………………… 042
初　冬 ……………………………………………… 042
乘高铁到北京感吟 ………………………………… 042
小雪节暮过邢台 …………………………………… 043
小雪节北客西站吟（新韵）……………………… 043
初　雪 ……………………………………………… 043
山村雪晨 …………………………………………… 044
咏雪（新韵）……………………………………… 044
乡村雪后 …………………………………………… 044
大雪节吟 …………………………………………… 045
雪夜自吟 …………………………………………… 045
冬日品茗（新韵）………………………………… 045
京夜有问 …………………………………………… 046
雪夜有吟 …………………………………………… 046
雪夜有吟（新韵）………………………………… 046
冬　松 ……………………………………………… 047
贺宕昌旧城中学鹿鸣诗社成立 …………………… 047
元　旦 ……………………………………………… 047

元旦抒怀 …………………………………… 048

登山比赛吟 ………………………………… 048

赞金徽酒 …………………………………… 049

"三下乡"吟 ………………………………… 049

过小年 ……………………………………… 049

小年感吟 …………………………………… 050

除夕赞妻 …………………………………… 050

新年赞妻 …………………………………… 050

赞子弟兵 …………………………………… 051

战疫情 ……………………………………… 051

送五穷 ……………………………………… 051

庚子春节抗疫感吟 ………………………… 052

庚子立春吟 ………………………………… 052

过祁山堡感吟 ……………………………… 052

庚子元宵夜寄 ……………………………… 053

庚子元宵感怀 ……………………………… 053

庚子倒春寒咏 ……………………………… 053

雨水节吟 …………………………………… 054

雨　水 ……………………………………… 054

春龙节有寄 ………………………………… 054

春夜喜雨 …………………………………… 055

忆　梦 ……………………………………… 055

感　春 ……………………………………… 055

郊野寻春 …………………………………… 056

学雷锋 ……………………………………… 056

庚子惊蛰有寄 …………………………………… 056
感　春 …………………………………………… 057
庚子三八节有寄 ………………………………… 057
赞天使出征武汉 ………………………………… 057
陇南油橄榄 ……………………………………… 058
家犬阿黄 ………………………………………… 058
踏　青 …………………………………………… 058
武都崖蜜 ………………………………………… 059
陇南羊肚菌 ……………………………………… 059
徽县苗木场营养钵育苗 ………………………… 059
植　树 …………………………………………… 060
徽县银杏 ………………………………………… 060
陇南散养鸡 ……………………………………… 061
礼县大黄鱼鳞坑 ………………………………… 061
陇南中药冬花 …………………………………… 061
徽县苗木产业 …………………………………… 062
襄公雕像吟 ……………………………………… 062
清明前雨过山青村 ……………………………… 062
庚子清明公祭 …………………………………… 063
清明祭祖 ………………………………………… 063
兰仓之春 ………………………………………… 063
春　游 …………………………………………… 063
裕河诗咏一组（四首） ………………………… 064
春游踏青 ………………………………………… 065
晨行阶州途吟 …………………………………… 065

过草坪感吟	065
凉山山火有念	066
礼赞并祭马彦功	066
春日咏茶（新韵）	066
贺两当诗词学会成立	067
忆江南·思乡	067
水木裕河	067
辣椒五题	068
贺陇南医疗队归来	070
打工吟	070
立夏吟	070
尹坝下乡三首	071
堤　柳	072
母亲节感吟	072
环卫工礼赞	072
樱　桃	073
樱　桃	073
初夏游秦皇湖	073
夏夜思	074
过桃林村	074
夏晨西山	074
六·一致向日葵	075
六月下乡所见感吟	075
芒　种	075
夏行洛礼路	076

晨练西山随吟（新韵）	076
上坪记行五首	077
寻野菜	078
羌城夜吟	078
夏　至	079
精准扶贫之歌	079
嵌句题聚朋湾农家乐	079
题蔷薇	080
庚子端午吟	080
端午节	080
记梦思父（新韵）	081
诗祝怡雪堂先生荣升	081
贺陇南诗词上线	081
接句咏张坝（新韵）	082
西山晨练再吟（新韵）	082
过洮坪南山感吟	082
高考寄语	083
中滩村督查帮扶	083
下乡途中咏药农	083
嵌句咏草山村	084
湫山督查帮扶感记	084
屏观文旅新闻感吟	084
致友人	085
贺沪陇通航	085
再游外滩即兴	086

浦江夜吟	086
刘清宇唱和	086
自　吟	087
入伏吟	087
感时（新韵）	087
夏日荷塘吟	088
乡　愁	088
大暑日西山随吟	088
思　乡	089
有　感	089
咏　酒	089
灯笼殇酸	090
尖山采风作品一组	090
刘清宇同题作	091
立秋吟	092
思　秋	092
池边晚步偶得	092
神柳农家山庄五题	093
题樱桃产业（新韵）	094
神柳农家山庄	094
庚子陇南抗洪救灾	094
秋　思	095
庚子处暑	095
赞秋雨爱心团队	095
陇　秋	096

无　题 …………………………………………… 096

过洛阳 …………………………………………… 096

夜食东来顺口占 ………………………………… 097

喜　秋 …………………………………………… 097

桂　花 …………………………………………… 097

题内人家院小照 ………………………………… 098

诗友唱和之作 …………………………………… 098

感　秋 …………………………………………… 099

九月三十日夜听雨打油 ………………………… 099

贺清宇同学评聘中学高级职称 ………………… 099

中秋再寄（新韵） ……………………………… 100

庚子双节喜吟 …………………………………… 100

十月赞歌 ………………………………………… 101

中　秋 …………………………………………… 101

农历庚子八月十六夜雨 ………………………… 102

过东村（新韵） ………………………………… 102

游青木川 ………………………………………… 102

剑门关 …………………………………………… 103

张飞赞 …………………………………………… 103

阆中古城（藏头诗） …………………………… 103

蜀行归吟 ………………………………………… 104

寒　露 …………………………………………… 104

再致妻子 ………………………………………… 104

秋　念 …………………………………………… 105

秋　思 …………………………………………… 105

咏　菊	105
晚　秋	106
秋　韵	106
秋　枫	106
秋　雨	107
傍晚藉河风情线（新韵）	107
天水闻家犬阿黄病吟	107
暮秋天水（新韵）	108
题秦州菊展	108
无　题	108
重阳三首	109
西和诗词学会重阳节龙林采风	110
重阳龙林行	110
再咏重阳	111
咏西和诗词学会龙林采风	111
秋	111
吟　秋	112
青泥岭	112
秋　雪	112
送赵亚王林村赴任（新韵）	113
立　冬	113
立　冬	113
赞"一带一路"	114
再咏尹坝	114
寒衣节	114

刘山柿子	115
初　冬	115
冬　菊	115
咏　竹	116
咏　雪	116
致敬村支书	116
圆梦陇南（新韵）	117
贺洮坪乡村记忆馆揭牌	117
阶州新咏	117
乡　情	118
初　冬	118
大雪节吟（新韵）	118
大雪节吟	119
贺《诗蕴兰仓》出版（一）	119
贺《诗蕴兰仓》出版（二）	119
冬日山村有吟	120
有感随吟	120
有　赠	120
祁山怀古	121
村　暮	121
冬日乡情	121
山村雪后	122
严洼知青之家	122
思母诗五首	122
感　吟	123

冬　至	124
咏　冬	124
雪晨赞妻	124
桂殿秋·登赤土山	125
教　师	125
年关吟	126
雪	126
无　题	127
元　旦	127
元日夜雨	128
隆　冬	128
冬日秦皇湖	128
小寒晨吟	129
冬　日	129
悼　母	129
刘清宇悼诗	130
夜梦有感	130
忆梦思母	130
庚子腊八吟	131
庚子腊八逢大寒感吟	131
屏咏见各梁变迁（新韵）	131
腊月夜情思	132
接句吟新	132
立春吟	132
立春感吟	133

贺陇南诗词入驻中华诗词论坛 ……………… 133

谒两当兵变纪念馆 …………………………… 133

咏　梅 ………………………………………… 134

咏　春 ………………………………………… 134

除夕感吟 ……………………………………… 134

庚子除夕吟 …………………………………… 135

春节感吟 ……………………………………… 135

春日感吟 ……………………………………… 135

咏水仙 ………………………………………… 136

感　春 ………………………………………… 136

有感秦西垂陵园游客爆满 …………………… 136

再咏雨水节 …………………………………… 137

赞喀喇昆仑英雄 ……………………………… 137

致敬陇南英烈陈红军 ………………………… 137

辛丑元宵二首 ………………………………… 138

元宵节 ………………………………………… 138

惊蛰有吟（新韵） …………………………… 139

五撮点 ………………………………………… 139

全国脱贫攻坚表彰大会感吟 ………………… 139

三八节赞梁兰（新韵） ……………………… 140

郊　游 ………………………………………… 140

三月两会开 …………………………………… 140

感　春 ………………………………………… 141

咏　春 ………………………………………… 141

感　春 ………………………………………… 142

花甲吟（新韵）	142
春　分	142
春日到宝鸡	143
汉中油菜花节纪行	143
咏汉中油菜花节	144
秦　岭	144
游诸葛古镇感吟	144
勉县武侯祠随咏	145
春龙节感吟（新韵）	145
西汉水风情线春色	145
有　赠	146
春日感吟	146
张坝古村行	146
诗友西山赏花	147
春日感吟	147
山湾梦谷纪行四首	148
无　题	149
清　明	149
清明夜梦有问	149
野　菜	150
春　韵	150
细雨送君行	150
白龙江廊桥	151
天命自吟	151
上坪采风吟	151

赴会宁党日活动四首	152
自　吟	153
樱　花	153
参观龙池湾战役纪念馆	154
桃　花	154
赴会宁开展党史教育吟	154
西山晨练三首	155
雨中吟（新韵）	156
咏礼县苹果花节	156
兰仓之春	157
礼县苹果花节三首	158
晨练西山有吟	159
秦腔（新韵）	159
健步西山	159
花落有感（新韵）	160
记　梦	160
谷雨山游未成憾吟	160
春　花	161
夏日感吟	161
赞翠峰寺（古风）	161
自题小像	162
春游西狭	162
题星空夜市	163
雨后闲吟	163
西江吟	163

贺武都区朗诵协会成立	164
感 吟	164
大香山	164
悼袁隆平院士二首	165
长相思·自吟	165
痛悼袁公二首	166
长相思·秋日西山远眺	166
六月吟	167
芒 种	167
端午有祭	167
打工谣	168
记 梦	168
赠合唱团诸君	168
再登黄鹤楼	169
建党百年感吟	169
夏游黑凤潭	169
题聚朋湾农家乐	170
咏柳絮	170
百年颂歌	170
咏 秋	171
吟诗千首自吟	171
咏树莓	171
幽寺听蝉	172
再致L君	172
夏 雨	172

祁山怀古 …… 173
张克复诗二首 …… 173
赠Z君（新韵） …… 174
夜雨忆兰仓 …… 174
游金马池 …… 174
秦都怀古 …… 175
八一抒怀 …… 175
立秋吟 …… 175
诗和远方采风活动诗三首 …… 176
立秋吟 …… 177
七　夕 …… 177
初秋感怀 …… 178
初秋过肖良石坪 …… 178
秋夜有吟 …… 178
金　秋 …… 179
秋　雨 …… 179
教师礼赞 …… 179
白　露 …… 180
五十四岁生日抒怀 …… 180
秋　怀 …… 181
感　秋 …… 181
中　秋 …… 182
中秋二题 …… 182
中秋夜雨吟 …… 183
秋夜公园有吟 …… 183

咏　秋	183
秋风（新韵）	184
感　秋	184
国庆礼赞	184
国庆文旅考察过清水	185
关山草原	185
马嵬坡感怀	185
十月三日夜汉中大雨而作	186
广元有吟	186
三星堆遗址	186
两字咏国庆游	187
谒成都武侯祠	187
游青莲诗歌小镇	187
游勉县武侯墓吟	188
柿　子	188
重阳二首	189
夜雨有寄	189
重阳二首	190
嵌句咏霜降	190
咏落叶	191
甘肃抗疫感吟	191
赞疫防志愿者	191
戏题街照	192
嵌句感吟	192
辛丑立冬二首	193

冬　菊	193
山村冬日咏怀	194
还致Z君	194
贺礼县十六次党代会召开	194
贺十九届六中全会召开	195
贺县两会召开	195
辛丑小雪有吟	195
故园情思	196
窗凌花	196
冬　晨	197
甘肃秦文化博物馆	197
咏　竹	197
博物馆成功创建4A级景区感吟	198
咏　冬	198
元日感怀	199
嵌句咏岁杪	199
辛丑小寒有寄	199
雪	200
嵌句缅怀总理	200
再吟腊八	200
隆冬感吟	201
有感闲吟	201
卸任咏怀	201
离任感吟	202
《汉水清波》结集吟	202

辛丑大寒吟	202
有　赠	203
吟　梅	203
叹评优选先	203
给 YMY	204
小年吟	204
回望文旅三年感吟	204
月夜自吟	205
过年吟	205
步韵张维刚会长《拜年》（新韵）	205
附张会长原玉《拜年》	206
题《只此青绿》	206
喜迎虎岁	206
北京冬奥会	207
立春节感吟	207
春寒咏梅	207
赞女足亚洲杯夺冠	208
观花随吟	208
迎新三咏	209
咏"四大美女"	210
北京冬奥会	211
感　吟	211
元宵节	211
观棋有感二首	212
壬寅雨水节吟	212

雨水节气	213
观闭幕式再咏北京冬奥会	213
春　望	213
口占二绝	214
悼董双定先生	214
壬寅春龙节吟（新韵）	215
惊　蛰	215
桃　花	215
三八节咏女教师	216
陈强侄华科大获奖寄语	216
风　筝	216
咏　春	217
喜　春	217
感　吟	217
"3·15"维权感吟	218
春分节吟	218
咏　春	219
兰仓之春	219
致谢友人寄茶	220
悼东航空难同胞	220
寻　春	220
醉　春	221
清明一首	221
壬寅清明吟	222
清明再吟	222

清明公祭	222
春　曲	223
感　吟	223
乐　春	224
季春聚友聚朋湾（新韵）	224
晨游新城公园	224
嵌句惜春	225
人间四月天（新韵）	225
壬寅倒春寒	225
闲夜自吟	226
四月雪（新韵）	226
贺神舟十三凯旋	227
谷雨有吟（新韵）	227
谷雨吟（仄韵）	227
礼县苹果花节	228
苹果花节二首	228
感　吟	229
暮春感怀	229
晚步吟二首	229
五一吟	230
夜雨有吟	230
也咏牡丹	230
感怀二首	231
立　夏	231
咏　荷	232

母亲节大雨吟	232
母爱赞	232
诗送秦怡	233
夏日秦皇湖	233
题初中毕业照	233
回乡吟	234
喜迎二十大	234
小　满	234
感　吟	235
纪念《"双百"讲话》发表80周年有吟	235
贺省十四次党代会召开	236
喜迎二十大	236
大香山感吟（新韵）	236
参加儿童节活动感吟二首	237
过秦安	237
观武山石展"中国人"奇石	238
端午随吟	238
友人端午寄粽有赠	238
端午诗词吟诵会感吟	239
石　榴	239
初夏过秦州农村（新韵）	240
赞神舟十四发射成功	240
端午回乡有吟	240
芒　种	241
芒　种	241

端午回乡吟	241
赠高考生二首	242
麦黄时节	242
再致高考生	243
西山晨练再吟	243
咏　怀	243
夏日感吟二首	244
题赠汉水秦声自乐班	244
回乡四咏	245
秋夜有吟	246
中秋夜吟	246
过长安岘随吟（新韵）	246
冬夜有吟	247
贺福建舰下水	247
父亲节思父	247
夏　荷	248
夏至吟	248
发榜时刻	248
采风活动吟	249
盛夏南山采风	249
七·一颂歌	249
香港回归二十五周年感吟	250
四月八日夜大风吟	250
庆七·一喜迎二十大	250
赠文旅诸君（新韵）	251

小暑吟	251
赞红川酒	251
贺官鹅沟景区升 5A 级景区	252
塘边观荷	252
摘　椒	252
大暑日游公园心湖	253
闲　吟	253
诗咏秦都礼县	253
题赠李娜	254
游神柳山庄咏荷二首	254
夏日家院随吟	255
有感闲吟	255
赞武警（新韵）	256
立　秋	256
礼县体育馆开建喜吟	256
贺清水诗词学会成立	257
《黄河诗阵》周年庆	257
《黄河诗阵》周年庆	257
《党的建设》四十周年庆	258
《党的建设》创刊四十年赠	258
贺祁山三国文化产业园开工	258
壬寅双节吟	259
秋	259
街头偶遇发小感吟	259
秋深有感	260

贺二十大胜利召开 …………………………… 260

再获《党的建设》征文奖即兴 ………………… 260

壬寅腊八 ……………………………………… 261

再登翠峰（新韵）……………………………… 261

登翠峰赠宣传部同仁 ………………………… 261

离岗吟怀 ……………………………………… 262

离岗感吟 ……………………………………… 262

酒后街行有感（新韵）………………………… 262

兰仓春早 ……………………………………… 263

油菜花 ………………………………………… 263

游云华山 ……………………………………… 263

癸卯清明 ……………………………………… 264

诗友贺诗十二首 ……………………………… 264

后记 …………………………………………… 269

戊戌冬至有吟

从今数九入寒天,梅报阳生春欲旋。
飞雪迎来归客远,团圆香饺话流年。

2018 年 12 月 22 日

冬　至

今始分宵长,流年饺韵香。
阳生初九雪,梅蕊报春光。

2018 年 12 月 22 日

冬日闲吟

闲身窃语独凭窗,天遣梨花亲面庞。
喜见院中寒动处,迎春艳放世无双。

2018 年 12 月 23 日

感 吟

五十年华匆遽过,半生冷暖自心知。
唐风宋韵痴情事,总把新愁赋旧词。

2018 年 12 月 24 日

咏 雪

鹅毛漫卷下长空,一席乾坤大不同。
松郁竹青寒傲立,鸡痕犬印兆年丰。

2018 年 12 月 25 日

致 L 君

相逢恨未诉衷肠,莽莽天山阻梦乡。
心有千言无处说,陇南大漠两茫茫。

2018 年 12 月 25 日

忆 梦

昨夜雨蒙蒙，依稀酣梦中。
不曾他处景，还习故乡风。

2018 年 12 月 26 日

年末文友相聚有吟

暑往寒来又一年，人生旅路尽云烟。
红炉对饮当吟醉，长夜无诗怎入眠。

2018 年 12 月 27 日

岁末感怀

平仄陪哥又一秋，慢敲岁月指间流。
唐风宋韵不曾秀，回首惭然雪满头。

2018 年 12 月 28 日

冬日品茗

琼花开腊月,心静待春光。
苦淡清闲品,围炉绿韵香。

2018 年 12 月 30 日

南乡问雪

十载南方客,春花满眼开。
问心今夜雪,可是北乡来?

2018 年 12 月 30 日

小　雪

萧萧落叶秋黄去,玉蝶飘飘小雪来。
最是岁寒风乍起,却看庭院暗香开。

2018 年 12 月 30 日

新年诗会有吟

一

平仄相陪又一年,兰仓众咖结吟缘。
迎新聚会情当醉,长夜无诗怎入眠。

二

时逢数九小寒天,诗友新年话旧缘。
酒韵声声情已醉,欢歌阵阵夜无眠。

2018 年 12 月 31 日

改革开放四十年赞

改革风吹四十年,河山万里换新天。
攻坚圆梦号声起,复兴中华寰宇前。

2018 年 12 月 31 日

友人小酌随吟

窗外琼花数九萦,高朋雅室醉吟情。
岁寒莫道无春讯,梅蕊枝头似有声。

2019 年 1 月 3 日

官鹅情歌

东峰冰柱似郎歌,西岭玉人眸隐波。
鹅妹官哥今相会,人间世代唱情歌。

2019 年 1 月 4 日

答友人

君问归期未有期,关山万里难逾飞。
待时花好月圆夜,对影西窗醉不归。

2019 年 1 月 5 日

隆冬有念

昨夜风摇粉蕊开,晨窗眸览一川白。
围炉煮韵茗清苦,独话年关游子来。

2019 年 1 月 6 日

别乡吟

娘泪盈盈庄口望,阿黄追吠送亲行。
小村绿树渐无影,瓦屋炊烟梦里情。

2019 年 1 月 7 日

迎春开花喜吟

时虽数九地开阳,庭角迎春绽艳黄。
缕缕馨香传万里,丝丝相约揽春光。

2019 年 1 月 8 日

赠 L 君 （新韵）

亭亭落落如松立，典雅清纯赛蕙兰。
柳步摇心常入梦，思君长夜每难眠。

2019年1月9日

有 赠

其 一

婀秀端丽动我情，如仙如幻梦呼名。
凤凰台上凰求凤，不负今生不负卿。

其 二

人海茫茫苦觅寻，魂牵梦绕枕边吟。
金风玉露何相会，一慰思君这颗心。

2019年1月10日

咏 花

青帝司春绿亦红，群芳百态自非空。
随缘开谢无他念，贵贱高低去路同。

2019 年 1 月 11 日

也题腊八

腊八熬香粥，骚人赞颂稠。
岁寒关不住，心想柳芽柔。

2019 年 1 月 13 日

戊戌除夕

春晚梦今圆，烟花舞夕天。
举杯华夏醉，迎岁立春妍。

2019 年 2 月 4 日

除夕再吟

除夕神州笑,团圆共此时。
荧屏南北客,游子误归期。

2019年2月4日

戊戌除夕有吟

玉花朵朵笑除夕,春晚浓浓盛世声。
诗与远方牵手行,西江赶海抒豪情。

2019年2月4日

新春贺岁

声声爆竹庆丰年,朵朵梅花染素笺。
除旧迎新红火火,神州大地正团圆。

2019年2月5日

早春晨练

晨日江天阔，霞云映水红。
寒山春又绿，健步气吞虹。

2019 年 2 月 9 日

春　雪

飘飘洒洒天庭来，万里山川一白裁。
信是东君尊意遣，催醒梅蕊报春回。

2019 年 2 月 12 日

闹元宵

春节欢声未见消，满街龙舞谜灯娆。
烟花焰火破空照，秦地秦腔闹碧宵。

2019 年 2 月 19 日

异地过元宵

玉盘今夜赏星空,万户千家灯映红。
一缕乡愁何处寄,十分真意念圆通。

2019年2月19日

过阶州

细雨霏霏吻面容,阶州已是早春融。
多情喜拍龙江浪,放眼梅姿绽笑红。

2019年2月20日

再过高楼山

雪花相约上高楼,云锁寒松尽白头。
汽笛一鸣穿岭后,菜花香里醉文州。

2019年2月20日

赞白马人民俗文化旅游节

陇上江南景独幽，元宵盛会请君游。
藏家白马风情秀，痛饮茶乡酒作留。

2019 年 2 月 21 日

参加文县白马文旅节有感

春风约我到文州，满目花黄芳意稠。
白马风情葩艳秀，传承文化竞风流。

2019 年 2 月 22 日

春节文化活动总结会感吟

改革风吹四十年，兰仓巨变乐翻天。
巧烹文化大餐送，诗牵远方再向前。

2019 年 2 月 25 日

咏春绝句五首

盼 春

秋去送冬来，琼花遍野裁。
岁寒关不住，梅蕊报春回。

观 春

梅红点点芳，琼玉絮飞扬。
汉水琴声远，春芽送暗香。

咏 春

东君春又遣，归燕筑新台。
人间芳菲醉，香花眸里开。

喜 春

又是春妍日，眸山花放黄。
香风云野荡，美韵笑心藏。

醉 春

春风眸又绿，春雨涨天池。
春野花香醉，春光一首诗。

2019 年 2 月 27 日

己亥三八有赞

今岁春光龙起首，风生华夏凤吟天。
同心追梦新时代，巾帼翩翩舞壮篇。

2019 年 3 月 8 日 双节

义务植树

一

三月阳春日和丽，松林峡里笑声声。
山坡植树千人众，如雨汗流浇绿生。

二

千峰春意竞成诗，又是一年播绿时。
但得青山望碧水，甘流汗雨种相思。

2019 年 3 月 12 日

问 春

满目青山菲翠染,桃红柳绿野芳馨。
春风暂借三千缕,可唤花前一梦停?

2019 年 3 月 15 日

寻 春

晓窗半夜雨,院竹叶新新,
枝上茸芽嫩,探头争俏春。

2019 年 3 月 16 日

嵌句赞陇南文联换届

始信阶州花事早,江开新梦柳婆娑。
春眸胜景君吟醉,宋韵唐风自放歌。

2019 年 3 月 20 日

桃 花

花开竞海棠,娇面映红妆。
神韵天工造,东风送凝香。

2019 年 3 月 20 日

春日感吟

一

雪融冰破鱼嬉闹,寒褪山醒柳结情。
匆遽岁光虚一秩,春风斗雨向前程。

二

煦风摇落花千树,南燕堂檐又北家。
三月人间含翠醉,陪春听雨品明茶。

2019 年 3 月 24 日

悼凉山救火英烈（新韵）

烈焰凉山燃破天，英雄卅位赴魔关。
舍身火海离国去，青史垂名永相传。

2019 年 3 月 25 日

迎英魂归故里

英雄木里魄归来，五凤龙江噙泪哀。
火海舍身呈大义，神州高铸祭魂台。

2019 年 3 月 25 日

贺《天韵流芳》出版

师范当年一小丫，娉娉仙子舞云霞。
天生韵笔吟唐宋，骄集流芳绽九葩。

2019 年 3 月 30 日

清明又祭

又是清明烟雨晦,离人祭扫祖茔来。
焚钱香烛真诚拜,遗德传承不自哀。

2019 年 4 月 5 日

咏梁坪油菜花基地

踏青约友梁坪游,遍野黄花芳意稠。
一路馨香谁钰就,扶贫产业筑高楼。

2019 年 4 月 20 日

楚勤:晨和秦兄咏梁坪一绝

闻君约友踏梁坪,隔网萦回唱和声。
弥望黄金铺满地,菜花香里故园情。

2019 年 4 月 20 日

撷趣嵌诗

梦碎红尘已淡然,人生旅路尽云烟。
文朋小聚堪吟醉,长夜无诗怎入眠。

2019 年 4 月 21 日

赏祁山牡丹园

赤橙黄白艳,富贵誉花仙。
满目皆春意,欣欣向客妍。

2019 年 4 月 21 日

咏礼县苹果花节

醉美兰仓四月间,万枝粉蕊雪妍开。
汉河两岸香千里,尽惹牛郎相会来。

2019 年 4 月 22 日

西山随吟

健步向山梁,香花一路芳。
欲攀家中赏,忽听妹歌扬。

2019 年 4 月 26 日

陇南诗词康县诗会（新韵）

梅园芳意邀诗会,骚客吟哦把盏欢。
秀水丽山君当醉,康南梦里是江南。

2019 年 4 月 26 日

初夏感怀

满眸青翠花颜褪,燕舞莺歌喜送春。
半世蹉跎成眼影,荷风又唤梦中人。

2019 年 5 月 3 日

夏日家院随吟

经年雅致栽盆中，绿意诗情满院荫。
酷暑烦愁任他去，习风伴酒醉心吟。

2019 年 5 月 6 日

夏日所见

蚕豆青青麦子黄，槐花阵阵送馨香。
玄黄玄割声声亮，但见田家汗满裳。

2019 年 5 月 7 日

己亥夏日感吟

月久不曾面煦阳，天公贪玩捉迷藏。
龙王率性翻云浪，淫雨连连稼穑殇。

2019 年 5 月 10 日

院中观花偶成

相思满院红,赏艳故人同。
岁月如花逝,何期再相逢?

2019 年 5 月 14 日

悯农情

农夫春种粟,四季汗沾裳。
只有耕耘苦,方收五谷香。

2019 年 5 月 18 日

观荷偶得(新韵)

夏至池芳艳,蜂蝶舞韵翩。
红尘眸惯看,心静自成仙。

2019 年 5 月 21 日

山村晚韵

茶饭味留香,霞邀来广场。
一声欢曲起,舞动小山庄。

2019 年 5 月 23 日

康州赞（新韵）

一

旧屋座座今不在,杨柳依依迎客还。
美丽乡村全域建,眼前谁信是康南。

二

秀水百潭熏客醉,千层绿树掩峰峦。
乡村美丽农家乐,谁遣江南到陇南?

2019 年 5 月 26 日

参加儿童节活动即兴

锣鼓唱翻天,多姿娴舞翩。
仙音悠袅问,今夕是何年?

2019 年 6 月 1 日

贺母校竹林小学六一节

竹林深处是家山,小学童玩映眼前。
节日祥福屏上祝,师生快乐每一天。

2019 年 6 月 1 日

端午感怀

艾草幽馨麦杏黄,街头深巷粽飘香。
一年又是端阳到,如梦人生过眼光。

2019 年 6 月 7 日

中诗报二室百期有赠

中诗设韵台，律苑百花开。
美酒今当醉，临杯歌未来。

2019 年 6 月 10 日

夏夜小曲

丝丝风送凉，惬意伴星光。
池荷香醉客，蛙声比夜长。

2019 年 6 月 10 日

自咏入省作协（古风）

丝丝缕缕春，陌陌柔柔意。
汉水弄潮儿，秦波书大义。

2020 年 6 月 10 日

游沙金松柏川草原（四首）

去松柏川草原

一去沙金牛尾驿，满眸碧翠白云翩。
昔时古道长龙舞，文旅花开遍柏川。

松柏川草原

碧草映蓝天，藏歌妹舞翩。
牛羊悠步转，客醉白云巅。

再到沙金（古风）

别梦沙金十一年，故人今又故地还。
蓝天依旧白云翩，蒿地新起数楼间。
乡道铺开致富路，产业撑起农家天。
松柏川里酣游醉，惹我又耕诗笔田。

游松柏川草原

山歌牧曲飘云上，淋酒醇香枕草眠。
碧野牛羊迎远客，几多游子梦魂牵。

2019 年 6 月 14 日

家乡赞歌

荷锄秦月浴风霜,敢教兰仓脱旧装。

万水千山连网络,一村百户换楼房。

僻庄致富铺金路,瘦地还林结果香。

七载攻坚书梦想,借支神笔绘家乡。

2019 年 6 月 16 日

观照兼赞首届祁山文化艺术节

二十八春弹指间,匆匆岁月似眸前。

祁山古地曾声诵,文化贤人彻韵连。

首步经坛闻鼻祖,今来艺苑敬群仙。

兰仓历历钟灵秀,薪火熊熊燃大千。

2019 年 7 月 2 日

过玻璃桥(新韵)

攀崖筑建悬空吊,眼底深沟似晃摇。

旅路由来多险阻,初心铸胆走一遭。

2019 年 7 月 5 日

西和同学诗人刘清宇即兴二首

一

古堡祁山故事多,吟坛佳节最当歌。
秦皇引我书鸿卷,汉武教臣写满坡。

二

仁裕浣肠诗窖在,赵毫笔谱圣心磨。
中华文化寻根本,字正腔圆穿玉梭。

寺阁山诗词基地挂牌有吟

挂牌寺阁雨相留,起韵长虹眼底收。
览尽群山云境阔,吟香汉水锦波悠。
笑谈高论诸诗友,浅唱鸿章一白楼。
自古文从天下事,妙言最解世间愁。

2019 年 7 月 23 日

立秋日晨练感吟

清鸟晨枝鸣翠曲,山梁健步沐曦阳。
人生季序任交替,莫怨初秋几度凉。

2019 年 8 月 8 日

秋日湫山行

云自悠悠水自流,惠风送爽正分秋。
满沟奇石迷人醉,一路溪歌解客愁。

2019 年 9 月 1 日

秋　问

漫山遍野黄金甲,秋水长天韵自香。
秦月年年今又是,放歌青海唱家乡。

2019 年 9 月 11 日　于青海湖畔

秋 问（新韵）

陇妆金甲雁归南，心伴连窗夜雨寒。
遥问天山飞雪处，家兄可已换棉衫。

2019 年 9 月 12 日

中秋有寄

又是中秋明月圆，飘香丹桂说丰年。
七十华诞中华兴，陆岛情牵一海间。

2019 年 9 月 13 日

咏野菊（新韵）

不畏严霜傲朔风，初冬盛放万山丛。
白黄香艳群芳妒，质雅高洁品自成。

2019 年 9 月 16 日

大香山秋景

千里河川万点红,此山可与彼山同?
多情枫叶谁柔锦,自有秋风作画工。

2019 年 9 月 18 日

暮秋云屏(新韵)

万岭红黄书锦绣,千沟青紫曼云烟。
一川秋水柔情醉,画笔诗心绘屏山。

2019 年 9 月 20 日

暮秋吟(新韵)

啾雁南归去,枫红渐语寒。
夜阑频问月,何处是乡关。

2019 年 9 月 22 日

暮秋吟

啾雁向南乡，秋迎菊暗香。
别君思已久，何处诉衷肠。

2019 年 9 月 22 日

读楚勤《蜗行浅痕》有感

六百精篇雅集成，如珠似玉韵心明。
犹研诗窖浣肠著，宛若清风动我情。

2019 年 9 月 23 日

暮过石峡（新韵）

满目红黄陈锦绣，几沟青紫绕烟崖。
晚霞惊艳余晖映，画境身临过石峡。

2019 年 9 月 24 日

西行诗抄（九首）

车过乌鞘岭

四岭巍峨天际看，西行道上布魔烟。
今朝凿洞穿膛近，千里阳关一日还。

2019 年 9 月 25 日

咏张掖丹霞地貌

谁绘山河万紫霞，自然造化绽奇葩。
丹青千卷眸中醉，文旅交融锦上花。

2019 年 9 月 26 日

西路军纪念馆怀古（新韵）

谁染河山红遍色，西征路上数英魂。
甘州城外高台筑，唤醒今人吊故人。

2019 年 9 月 26 日

感吟习总书记参观嘉峪关

公仆游客同欢庆,陇上清风吹古关。
丝路花雨新气象,复兴中华梦当圆。

2019 年 9 月 26 日

莫高窟

窟窟瑰神展眼前,千姿百态舞翩翩。
驼铃阵阵牵云去,华夏飞天梦已圆。

2019 年 9 月 27 日

月牙泉(新韵)

黄沙万里炫戈滩,阵阵驼铃伴客颜。
千缕相思无处诉,一弯心月照人间。

2019 年 9 月 27 日

阳关（新韵）

祁连远上白云间，戈壁茫茫古汉关。
土堡残垣虽少语，沧桑岁月话当年。

2019 年 9 月 28 日

玉门关随吟（新韵）

皑皑白雪映祁连，漠漠黄沙下绿烟。
古堡巍然雄势在，神州一统几千年。

2019 年 9 月 30 日

题东风航天城

驼铃声韵唤，戈壁聚群仙。
夜枕风沙卧，飞天大梦圆。

2019 年 9 月 30 日

国庆七十华诞颂

七十铸功雄盖世，神州处处舞翩跹。
太空纵揽深洋探，复兴中华大梦圆。

2019 年 10 月 1 日

拉萨行吟八首

向往拉萨（新韵）

雪域明珠呈异彩，半生萦绕客魂中。
虔心一片祈圆梦，不负秦乡游子情。

2019 年 10 月 2 日

取道西安夜吟

取道三秦地，长安秋色香。
举杯邀玉兔，回首望秦乡。

2019 年 10 月 3 日

飞抵拉萨（新韵）

银雁掠蓝天，白云亲耳边。
古蕃何叹远，华夏一夕连。

2019 年 10 月 3 日

来到拉萨（新韵）

心有千千念，魂牵拉萨怀。
国逢华诞乐，圣地赤诚来。

2019 年 10 月 4 日

参观布达拉宫

雪域明珠今异彩，半生敬仰此行真。
国逢华诞圆宏梦，是处祥云不染尘。

2019 年 10 月 4 日

参观布达拉宫

适逢国庆向西游,布达拉宫舒意悠。
朝圣修心清俗气,察言观色悟禅舟。
屋颠雪白因情画,仙阙音纯为我筹。
况味天堂人愿意,佛莲度客不生愁。

2019 年 10 月 5 日

离开拉萨

国庆起飞程,虔心圣地行。
满眸风景醉,欣慰半生情。

2019 年 10 月 6 日

回望拉萨

放眼高原秋色醉,物华美景洗新眸。
休言旅路千般苦,山水多情解百愁。

2019 年 10 月 7 日

青海湖二题

青 海 湖

高原镶玉镜,碧水接云天。
鸥鸟翔波面,黄鱼跃眼前。
路环飘锦带,油菜醉湖边。
客兴舒胸意,长嘶惊上仙。

2017 年 6 月 28 日

重阳游青海湖

踏秋湖畔眺,云水共天长。
且寄游人意,登高望远乡。

2019 年 10 月 7 日

赞陇南（新韵）

人行绿水前,丽影映天蓝。
文旅描丹景,金山遍陇南。

2019 年 10 月 8 日

再记青藏游

佳节青藏游，怡情美景酬。
天路眸异彩，回望思悠悠。

2019 年 10 月 10 日

礼县女篮参加全省争霸赛赞

龙城有约竞球场，礼县红娇笑语扬。
突袭佯攻狂杀扣，青春斗艳绽芬芳。

2019 年 10 月 12 日

咏柿子

秋意金枝缀，真情似火烧。
红灯开福路，串串助农骄。

2019 年 10 月 13 日

韩坝柿子

秋尽生霜白,星灯坝树红。
思乡情似火,醉韵舞寒风。

2019 年 10 月 26 日

初　冬

雪蝶当空舞,街眸竞叠衣。
休言寒岁早,菊野笑依依。

2019 年 11 月 18 日

乘高铁到北京感吟

别过秦山到燕山,雄关漫道等如闲。
午辞擀面才餐鸭,京陇而今朝夕间。

2019 年 11 月 21 日

小雪节暮过邢台

暮色苍茫过邢台,六花小雪不曾开。
人生季序常违理,客望心头春早来。

2019 年 11 月 22 日

小雪节北客西站吟（新韵）

才辞秦陇地,又客北京西。
小雪无寒意,何由添暖衣。

2019 年 11 月 22 日

初　雪

陇上初冬雪,飘然落梦乡。
问君谁解意,漂泊几多伤。

2019 年 11 月 24 日

山村雪晨

夜半开梨锦,晨山玉满溪。
霜天飞鸟尽,时晓一声鸡。

2019 年 11 月 25 日

咏　雪（新韵）

相思片片随冬落,只把真情入地怀。
不惧漂泊多少苦,愿为人间蕴春来。

2019 年 11 月 26 日

乡村雪后

原野开梨白,霜天飞鸟空。
稚童堆院雪,毛氅茗炉红。

2019 年 11 月 27 日

大雪节吟

茎枯百草望寒日,叶剩几枝陪瘦林。
天散琼花摧菊歇,我聆梅蕊奏清音。

2019 年 12 月 7 日

雪夜自吟

五十年来一梦中,回眸过往两空空。
心头冷暖谁人问,傲雪梅枝点点红。

2019 年 12 月 8 日

冬日品茗 (新韵)

陋室隐诗仙,凭窗眺雪山。
品茶修禅性,但借一时闲。

2019 年 12 月 10 日

京夜有问

燕京城里难眠夜,清梦惊心阵阵寒。
遥望家山频问月,何期再会与君欢?

2019 年 12 月 11 日

雪夜有吟

春去冬来又一秋,无情岁月自悠悠。
夜阑静坐听飞雪,忘却心头三分愁。

2019 年 12 月 17 日

雪夜有吟(新韵)

春去冬来又一年,半生风雨伴城寒。
登楼远眺家山雪,久困樊笼不可还。

2019 年 12 月 18 日

冬　松

深根连冻土，傲骨向云峰。
冷眼穿尘世，炎凉自在胸。

2019 年 12 月 20 日

贺宕昌旧城中学鹿鸣诗社成立

官鹅时数九，羌地舞琼花。
小鹿呦呦叫，新声结社家。

2019 年 12 月 22 日

元　旦

梅送金猪去，兰迎玉鼠来。
中华韶华岁，圆梦百花开。

2020 年 1 月 1 日

元旦抒怀

一

流年更迭悠悠古，岁月如歌元旦同。
七十中华金碧路，河山万里一轮红。

二

岁月匆匆步履轻，又惊元旦响洪钟。
九州共祝齐声贺，不负韶华逐梦程。

2020 年 1 月 1 日

登山比赛吟

一路奔来追梦人，寒天香汗洗征尘。
遥望高处前程好，登顶昆仑与日邻。

2020 年 1 月 2 日

赞金徽酒

玉醑千年琼液好,酒仙诗圣品誉高。
陇南佳酿飘香远,醉美神州独领骚。

2020 年 1 月 2 日

"三下乡"吟

风寒正砺志,斗雪下乡行。
文化送温暖,帮扶有至情。

2020 年 1 月 7 日

过小年

瑞雪飘飘迎小年,酒糖果献灶王前。
上天祈福言尘事,今日人间早赛仙。

2020 年 1 月 17 日

小年感吟

回首由来过小年，至今已觉不新鲜。
倏然趣忆儿时事，犹觉先亲在眼前。

2020 年 1 月 17 日

除夕赞妻

又逢除夕团圆节，春晚欢歌不夜天。
贤内巧心包美饭，合家香饺话流年。

2020 年 1 月 24 日

新年赞妻

一年四季尔常忙，勺碗锅盆奏乐章。
妙手煎烹珍果就，味鲜色美满街香。

2020 年 1 月 25 日

赞子弟兵

魔毒横凶黄鹤楼,神州祸起万家愁。
人民子弟飞天降,抗疫驰援解国忧。

2020 年 1 月 26 日

战疫情

魔毒惊三镇,汉江流哭声。
党军民上阵,斩疫出神兵。

2020 年 1 月 28 日

送五穷

雪飘数九正寒天,送五穷由坤向迁。
晦气而今飞远处,收康纳福著华篇。

2020 年 1 月 29 日

庚子春节抗疫感吟

万巷人空抗疫忙,汉江呜咽诉悲伤。
军民砺剑除魔去,春暖花开遍地香。

2020 年 1 月 30 日

庚子立春吟

梅报春来到,虬枝苞已开。
雷惊天地醒,魔毙酒盈杯。

2020 年 2 月 4 日

过祁山堡感吟

千秋古堡忆风流,三顾茅庐六出酬。
蜀相归魂今若问,祁山默语意难休。

2020 年 2 月 5 日

庚子元宵夜寄

又逢十五元宵夜,静坐窗前望月圆。
举国正经魔毒虐,我祈云散见晴天。

2020 年 2 月 8 日

庚子元宵感怀

半世天涯客路长,春回春去叹流光。
月圆佳节人难寐,我恨魔邪虐故乡。

2020 年 2 月 8 日

庚子倒春寒咏

应是潇潇柔雨至,反而料峭倒寒狂。
一篱梅子花凋落,几树迎春绪败伤。
疠气横行人意冷,东君迟到麦苗黄。
祈来丽日百灵放,还我神州遍地香。

2020 年 2 月 19 日

雨水节吟

雨水节今来,东风弄柳腮。
洗埃方一夜,陌上百花开。

2020 年 2 月 19 日

雨　水

雨水雨丝飞,东风燕子归。
家山田地醒,农父乐耕肥。

2020 年 2 月 19 日

春龙节有寄

卧龙今日猛抬头,万里长空燕语柔。
一片祥云捎客意,楚天疫事念悠悠。

2020 年 2 月 24 日

春夜喜雨

半夜小窗敲细雨，春来向我讯诗声。
披衣推户眸心喜，去疫巡天万里明。

2020 年 3 月 1 日

忆　梦

妙肖依稀还旧境，曼姿疑是镜前人。
古来偶遇留回味，梦外何如梦里真。

2020 年 3 月 2 日

感　春

挥手又经年，思来两处烟。
山川芳草意，春著艳诗篇。

2020 年 3 月 3 日

郊野寻春

又近春回郊陌绿,再听燕子碧穹啼。
柔情最是西江柳,白絮花飞十里堤。

2020 年 3 月 4 日

学雷锋

题词发表几多年,十亿神州竞学延。
争做螺丝功用人,无私奉献梦心圆。

2020 年 3 月 5 日

庚子惊蛰有寄

细雨和风柳眼新,嫩苗争艳满眸春。
惊雷一叫眠虫醒,愿报神州去疫真。

2020 年 3 月 5 日

感 春

雨细风柔弄柳公,桃红梨白燕喃空。
家山又是春光好,最念田头留守翁。

2020 年 3 月 7 日

庚子三八节有寄

日丽风和三八节,桃红柳绿艳春来。
楚天疫事心犹念,数万玫瑰战未回。

2020 年 3 月 8 日

赞天使出征武汉

莫赞女儿俏,更夸剪发娇。
逆行荆楚去,天使斗魔妖。

2020 年 3 月 8 日

陇南油橄榄

万里姻缘总理牵,跨洋远嫁陇南川。
绿林遍野黄金果,产业扶贫书大篇。

注:油橄榄原产西海岸亚热带地区,20世纪70年代周恩来总理出访时亲自关心引进国内栽种。

2020 年 3 月 10 日

家犬阿黄

敏捷聪灵色杏黄,尾翘毛必火狸裳。
巧配三餐精心养,守舍忠诚更善良。

2020 年 3 月 11 日

踏 青

莺歌唤绿枝,岸柳舞垂丝。
郊陌春游日,香花醉客怡。

2020 年 3 月 15 日

武都崖蜜

悬崖峭壁筑蜂箱,采蕊山花酿蜜香。
芈月秦宫珍御品,阶州特产美名扬。

2020 年 3 月 17 日

陇南羊肚菌

陇南闺中秀,羊肚菌春生。
世间珍稀品,佳肴国宴名。

2020 年 3 月 20 日

徽县苗木场营养钵育苗

春暖徽州早,秧苗巧手栽。
沐风经夏雨,秋意化金来。

2020 年 3 月 22 日

植 树

之 一

三月熙风花沁香，全民植树好时光。
勤浇汗水荒坡上，环保清新绿故乡。

之 二

柳眼初开画面新，桃花飞羽贯山春。
惠风又度西江畔，汗雨挥流绿大秦。

2020 年 3 月 27 日

徽县银杏

徽州银杏世间吟，嘉水滋苗壮史林。
白果仁心添福寿，一川农圃满川金。

2020 年 3 月 28 日

陇南散养鸡

层层铁网圆诗梦,只只乌鸡自在飞。
特色养禽谁做大,陇南儿女岭南归。

2020 年 3 月 30 日

礼县大黄鱼鳞坑

何来荒野鱼鳞甲,谁布棋盘荆地间?
一铣一锄农户汗,坑窝满目遍春山。

2020 年 4 月 1 日

陇南中药冬花

春雨摧醒发嫩芽,夏妍丽日岁芳华。
秋风蕴孕仙丹果,冬至花开富万家。

2020 年 4 月 2 日

徽县苗木产业

徽州追梦秧苗木,万亩葱茏壮史林。
产业园开民富路,一川农圃满川金。

2020 年 4 月 3 日

襄公雕像吟

史海茫茫著帝名,西陲漠漠马嘶鸣。
峥嵘岁月今无影,始国嬴秦功德荣。

2020 年 4 月 4 日

清明前雨过山青村

驱车礼武过山青,细雨菲菲向清明。
梨白桃红村舍静,依依垂柳似含情。

2020 年 4 月 4 日

庚子清明公祭

千山花意泪，万水默含情。
纷向清明雨，英魂祭警鸣。

2020 年 4 月 5 日

清明祭祖

雨湿桃花纷粉落，离人祭祖跪坟头。
焚香烧纸哀思寄，奠酒斟茶泪涌流。

2020 年 4 月 5 日

兰仓之春

淡抹浓妆色彩新，兰仓千里杏花春。
眸山处处游园有，满野芳馨醉客人。

2020 年 4 月 6 日

春　游

三月春姑约，郊游燕语喧。
层层柳浪绿，处处杏花村。

2020 年 4 月 7 日

裕河诗咏一组（四首）

裕河之春（古风）

一弯溪水一条河，桃李花飞鹅鹅鹅。
阿妹采茶红袖舞，那山谁在唱山歌。

裕河之夏

秀峰滴翠鸟声香，溪水潺潺风韵凉。
烂漫山花闻客醉，裕河夏夜梦思乡。

裕河之秋（新韵）

满岭枫红披锦绣，福沟潭小笼岚烟。
瓜蔬菜果香飘野，秋醉裕河已忘言。

裕河之冬

雾锁寒山原野静，群峰无语雪柔腮。
时闻鸡犬几声吠，惊起炊烟漫月台。

2020 年 4 月 8 日

春游踏青

三月春姑约,郊游出阁樊。
眸明山色黛,宇碧雁歌喧。
麦绿翻新浪,桃红映旧村。
困忧嘶带去,健步解心烦。

2020 年 4 月 10 日

晨行阶州途吟

兰仓夜雨浥轻尘,石峡云开晓露晴。
新柳望关依意送,菜花香里阶州城。

2020 年 4 月 11 日

过草坪感吟

晓雾初收旭日红,驱车攀越马营东。
才辞江畔樱花艳,又见草坪冬雪融。
曾许青春诸旧友,今逢黄甲一诗翁。
人生风雨寻常事,多少年华似梦中。

2020 年 4 月 12 日

凉山山火有念

大火凉山燃野丘，旧疮未愈结新愁。
愿祈天赐清明雨，浇灭森烟解国忧。

2020 年 4 月 15 日

礼赞并祭马彦功

祁山犹听马嘶连，赤土钟鸣应瑞烟。
翠观香峰宫庙建，匠功廿载善心虔。

2020 年 4 月 20 日

注：马彦功礼县永坪镇平泉村人，著名工匠，主持修建了许多古建筑。

春日咏茶（新韵）

随春心自醒，日月润芽新。
一叶知甘苦，平生品茗人。

2020 年 4 月 21 日

贺两当诗词学会成立

谷雨时令花竞开,广香河畔聚英才。
传承红色诗盟结,宋韵唐风歌未来。

2020 年 4 月 24 日

忆江南·思乡

家乡好,思念绕心头。浪迹天涯年已久,离开情愫梦犹留。何日解今愁。

2020 年 4 月 25 日

水木裕河

陇上深山藏玉秀,千年蜀道古村存。
金丝猴乐国珍宝,清韵茶香域独尊。
吊脚木楼怀旧史,磨盘石碾孕今魂。
乡风乡俗游人醉,文旅融和新纪元。

2020 年 4 月 25 日

辣椒五题

辣椒花开

满山遍野辣椒花，父老乡亲脸上霞。
绿白醇香蜂蝶醉，小康圆梦定农家。

辣椒红了

家乡谁染万山红，小小尖椒显伟功。
绿野田畴呈锦翠，香眸姹紫送康丰。
春栽百户齐参阵，秋到千村果惠风。
产业扶贫铺富路，陇原大地道情浓。

致家乡白河

家山别梦卅余载，牵绊心头数十秋。
河岳千峰书峻秀，人文百代竞风流。
曾伤少小多寒怯，窃喜花年众志酬。
历历眼前攒记忆，乡情缕缕荡悠悠。

致潘兄谢喜

二水三山何处娜,白河历久俊才多。
潘兄少作文华秀,镇志新编经学哦。
曾是村官扶众富,又成乡吏惠民歌。
勤修福祉耘康路,遍地金椒荡绿波。

贺《白河辣椒红了》出版

秋果满山红,辣椒歌岁丰。
白河农业史,文集著神功。

2020 年 5 月 3 日

注:家乡白河,地处礼县西南部崇山峻岭之中。2019年,在脱贫攻坚战中,镇党委、镇政府按市县产业扶贫要求狠抓辣椒产业,种植规模达到了 6800 亩,促进了全镇两万多群众稳定增收,取得了显著成效。亲身参战的本土镇干部潘谢喜编写了《白河辣椒红了》诗文摄影集宣传推介,作为乡党同学,我冒昧凑几首以助微力。

贺陇南医疗队归来

千山画面新，杨柳醉江晨。
荆楚疫情灭，英雄一道春。

2020 年 5 月 3 日

打工吟

天涯处处是吾家，早伴清风晚伴霞。
汗水流香圆夙梦，青春无悔度年华。

2020 年 5 月 3 日

立夏吟

绿树荫浓夏日长，楼台倒影入池塘。
荷风阵阵熏人醉，鲜果时蔬秦客香。

2020 年 5 月 4 日

尹坝下乡三首

尹 坝

深沟藏玉秀,陶艺著春秋。
扶策传神笔,烟村入画楼。

帮扶夜宿尹坝

夜阑犬吠问眠乡,翠鸟晨窗叩乐章。
踏露沐霞高眺处,槐香缕缕醉心房。

咏尹坝陶罐

曾是声名播八方,土陶烧艺久留芳。
一坛一罐今无语,多少沧桑心里藏。

2020年5月5日

注:礼县滩坪镇尹坝村为作者本人帮扶村所在地。

堤　柳

谁说残春尽落红，槐枝雪色醉明瞳。
多情最是堤边柳，笑对斜阳吻煦风。

2020年5月6日

母亲节感吟

半世天涯风雨中，母慈送语意犹新。
每铭教诲常崇德，不愧吾心做大人。

2020年5月8日

环卫工礼赞

一支笤帚迎晨日，一抹金黄送晚霞。
扫尽春花和夏月，街容美净不留瑕。

2020年5月12日

樱　桃

绿珠诗串串，沐雨向春阳。
立夏红妆著，思乡玉手忙。
筐筐盛笑靥，颗颗送甜香。
产业培希望，扶贫谱乐章。

2020 年 5 月 14 日

樱　桃

绿珠诗韵缀，微笑煦春阳。
入夏红妆艳，街头会老乡。

2020 年 5 月 17 日

初夏游秦皇湖

水光潋滟晴方好，艳艳骄阳钓态逍。
杨柳蔽荫蜂蝶舞，情人相倚话声娇。
轻舟荡漾惊丝鹭，夹岸飘香炭烤烧。
莫道客来归去晚，兰仓美景似神描。

2020 年 5 月 18 日

夏夜思

静夜无言塘畔影，蛙声阵阵伴和音。
思人不解荷风意，独对星空月半轮。

2020年5月20日

过桃林村

四眸绿荡夏云生，道杏流黄伴婉莺。
香绕车窗新麦浪，耳尖布谷问声声。

2020年5月23日

夏晨西山

眸染千重绿，心甜百鸟歌。
江山盘古秀，何故叹蹉跎。

2020年5月26日

六·一致向日葵

向日花开朵朵黄，人间六月竞呈芳。
经风沐雨才成长，待到秋来籽粒香。

2020 年 6 月 1 日

六月下乡所见感吟

玄黄鸣柳脆，麦浪沐熏风。
但见骄阳下，田头多老翁。

2020 年 6 月 2 日

芒 种

樱桃红眼眶，山杏著黄妆。
布谷声声亮，田家新麦香。

2020 年 6 月 5 日

夏行洛礼路

一

田间视野沁葱茏，一路馨香溢碧空。
树影千层随意绿，溪流几道映山红。

二

万抹阳光情绿意，鸟歌甜脆润诗心。
偶听涛谷风声起，犹似琴弦石上音。

2020年6月5日

晨练西山随吟（新韵）

清鸟枝梢唱，晨阳对翠山。
健身风景好，何苦叹流年。

2020年6月7日

上坪记行五首

大河边草原 (新韵)

一张绿毯铺天边,几缕晴云自作闲。
蒙古包前歌舞醉,牛羊信步客流间。

游青林村 (新韵)

谁邀仙境客眸前,吟咏迷游画页间。
美丽乡村神笔绘,农家醉卧忘城还。

青林水车

青苔斑驳记春秋,四季流年转不休。
咯咯吱吱言往事,悠悠岁月诉乡愁。

午餐农家乐

晨出樊笼午入乡,农家乐里度餐光。
虽无鱼鸭迷眸醉,野菜琼筵开胃香。

民俗博物馆

百什千葩存一馆,坛坛罐罐蕴风情。
农耕民俗任游览,美丽乡村博客睛。

2020年6月8日

寻野菜

遥记儿时野菜长,玩童结伴采山忙。
细挑精焯晾干藏,四季佳肴暖胃香。

2020 年 6 月 8 日

羌城夜吟

之 一

夜半怎无眠,心儿有挂牵。
相思无诉处,寂寞伴身边。

之 二

夜半不能眠,心儿有念牵。
寻香无觅处,清泪湿腮边。

之 三

两地共醒眠,心儿可相牵。
问君无应处,思念满床边。

2020 年 6 月 19 日

夏 至

于今日见长,农者正仓忙。
晨出披霞彩,昏归颗粒香。

2020 年 6 月 20 日

精准扶贫之歌

一诺千金向世宣,攻城拔寨几多年。
修桥筑路连通网,引水医保惠利先。
产业扶贫长效计,驻村帮户志贞坚。
全民精准同酣战,共夺小康香梦圆。

2020 年 6 月 23 日

嵌句题聚朋湾农家乐

绿林荫荫鸟和鸣,溪水淙淙几许情。
我在青山怀抱里,醉听风雨咏诗声。

2020 年 6 月 25 日

题蔷薇

休言攀附靠墙爬,开向流年艳似霞。
不要人夸颜色好,馨香满院自芳华。

2020 年 6 月 25 日

庚子端午吟

今逢端午楚云情,汨水潇湘竹月明。
破浪龙舟天际奠,悬门艾草疫驱清。

2020 年 6 月 25 日

端午节

屈子志难酬,纵身为国忧。
《离骚》情久远,粽节思悠悠。

2020 年 6 月 25 日

记梦思父 (新韵)

阴阳相望已十年,梦里依稀慈鬓颜。
泪目远行儿影小,村头父送背弓弯。

2020 年 6 月 26 日

诗祝怡雪堂先生荣升

通航连四方,电贸远名扬。
一曲情无尽,登高唱陇香。

2020 年 6 月 26 日

贺陇南诗词上线

万水千山长,空间连四方。
今朝云网上,陇韵久飘香。

2020 年 6 月 26 日

接句咏张坝（新韵）

始进深峡别有天，千峰叠翠入云端。
山花鸟语临瑶境，溪浪烟岚醉九仙。

2020 年 6 月 27 日

西山晨练再吟（新韵）

黄杏红霞照，青枝鸟语悠。
古今烦恼事，一笑解千愁。

2020 年 6 月 29 日

过洮坪南山感吟

青松翠色醉眸前，清气白云吻耳边。
若果归心田画地，何愁福寿比南山。

2020 年 6 月 30 日

高考寄语

十年磨砺剑,水滴石磐穿。
今日开云道,蟾宫折桂仙。

2020 年 7 月 7 日

中滩村督查帮扶

绿水青山自醉仙,红墙瓦屋少炊烟。
入村走访正当午,驻点帮扶助梦圆。

2020 年 7 月 9 日

下乡途中咏药农

阡陌山花艳,田头绿叶肥。
披霞锄影动,带露药香飞。

2020 年 7 月 9 日

嵌句咏草山村

车行曲路河沟涧，两岭红桦亮睫边。
黑凤潭幽嬉客醉，始知深谷有新天。

2020 年 7 月 10 日

湫山督查帮扶感记

赤日炎炎暑气涌，湫山山水夏凉生。
一沟奇石俗尘忘，两岭青松幽谷迎。
督战入村随意看，访寒进户用心诚。
攻坚何惧人劳顿，天命之年乐苦行。

2020 年 7 月 11 日

屏观文旅新闻感吟

新春年节喜连连，文化旅游佳讯传。
不忘初心书自信，诗携远方著宏篇。

2020 年 7 月 12 日

致友人

花正红时再别君,陇南绿柳弄春风。
举杯邀月千盅问,一种相思两处同?

2020 年 7 月 14 日

贺沪陇通航

一

展翅银鹰黄浦边,破云直上九霄天。
千山万水任飞瞰,沪陇轻轻一饷间。

二

银燕轻轻振翅飞,浦江默默送君归。
首航报喜今牵手,沪陇遥遥已往非。

2020 年 7 月 15 日

再游外滩即兴

溢彩流光夜浦江,外滩笙舞醉眸香。
一别十载匆匆过,岁月滩头再起航。

2020 年 7 月 15 日

浦江夜吟

夜访浦江浪涌情,似听娘唤语声声。
儿飞沪地娘忙问,娘病床头儿远行。

2020 年 7 月 15 日

刘清宇唱和

漫赏明珠细品江,闲情雅致入诗香。
浮萍咏寄秦时月,欲拜嫦娥我导航。

自 吟

半世流年半世忙,几经失意几迷茫。
轻携一缕微风伴,但煮闲茶醉宋唐。

2020 年 7 月 15 日

入伏吟

赤日炎炎暑气浮,谁堪汗雨满身流。
空调最是差人意,心静生凉方自悠。

2020 年 7 月 16 日

感 时（新韵）

而今人事走花灯,转眼飘忽似落蓬。
百戏浮云台上过,淡然弹指数十程。

2020 年 7 月 18 日

夏日荷塘吟

碧水映莲开,蜂飞蝶舞来。
游鱼嬉叶曲,画意入诗怀。

2020 年 7 月 19 日

乡　愁

万里家山一念牵,乡愁缕缕客心田。
回望风雨来时路,邀月千杯醉难眠。

2020 年 7 月 20 日

大暑日西山随吟

云压西山矮,林梢鸟匿声。
风神无寸影,似报雨来惊。

2020 年 7 月 22 日

思　乡

白河自古向东流，岁月无情染雪头。
遥望家山风雨路，客乡对酒醉悠悠。

2020 年 7 月 25 日

注：白河，笔者家乡。

有　感

如烟五十年，风雨历千千。
父母情尤暖，家山月最圆。

2020 年 7 月 27 日

咏　酒

传世千年醉未休，曹公太白尽风流。
神奇今昔无能比，一盏烟消万古愁。

2020 年 7 月 28 日

灯笼殇酸

随春别苑出山中，相伴翁孙半度同。
欲报主人勤伺苦，已还枝上树灯红。

2020 年 7 月 30 日

注：灯笼殇酸，北方一种野生植物，可移植家种，为观赏花卉，果实红色似一盏盏灯笼缀挂枝上。

尖山采风作品一组

千古寻秦文学采风有吟

尖山相约采风忙，迷眼仙花醉客香。
挚友谈经饶乐趣，高朋论道润诗肠。
长歌一曲歌心曲，短句千章咏志章。
古来文章天下事，秦声汉韵当流芳。

2020 年 8 月 1 日

尖山采风吟

满目山花迎客开，文朋相约采风来。
馨香熏得骚人醉，汉韵秦声作咏陪。

2020 年 8 月 2 日

尖山寺（新韵）

谁将庙宇置天端，鸟语林深欲辩禅。
汉水群峰来俯拜，万民问道数千年。

2020 年 8 月 2 日

刘清宇同题作

尖山寺（新韵）

临空庙宇抵天端，朵朵禅云惊世言。
眼下群峰朝暮拜，释怀布道几千年。

尖山采风

问祖尖山寺，秦人后代来。
山中逢悦鸟，道上走奇才。
景聚怡情处，风书幽静台。
诗词随性赋，圆梦小康哉。

立秋吟

绵绵细雨似丝流,弱弱蝉鸣诉别愁。
树草添黄催绿少,风凉始觉入初秋。

2020 年 8 月 6 日

思　秋

虫曲声渐隐,听来几缕凉。
西江浪语起,菊桂待飘香。

2020 年 8 月 10 日

池边晚步偶得

花红柳绿映池塘,惬意清风送晚凉。
作意天公留紫气,多情笑我已昏黄。

2020 年 8 月 11 日

神柳农家山庄五题

农家乐

隐隐村头芳榭立,清清池面藕花凫。
红楼粉院榴望眼,美味佳肴漫溢厨。

菜 园

片片圃田培异菜,层层架网吊奇瓠。
春光满目凭诗眺,织锦荷园展画图。

喊 泉

人生如旅几时休,难与泉音争上游。
任尔高声持续喊,健康心肺未吹牛。

茶 园

白楼碧瓦笼烟霞,水绿天蓝满眼花。
袅袅薰风浓荫处,蝉鸣声里品香茶。

泳 池

蓝天碧水泳池台,但伴闲情城中来。
半世浮尘今洗去,鱼翔蜻跃浪花开。

2020 年 8 月 12 日

题樱桃产业（新韵）

千亩良园摇宝玉，万株绿树挂珠灯。
雪片订单纷纷至，商客车流摆长龙。

2020 年 8 月 14 日

神柳农家山庄

薰风十里满园春，神柳山庄入画新。
白鸭戏塘浮倩影，水车吱溜待佳宾。
甜歌袅袅流诗韵，圃菜萋萋荡碧茵。
村野千秋惊巨变，农家乐中润芳辰。

2020 年 8 月 15 日

庚子陇南抗洪救灾

秋至陇南雨着魔，庚年灾患祸山河。
断桥裂路农田毁，倒屋伤人泥石梭。
举目灾情双泪滚，扶贫成果一时蹉。
军民倾力擒洪兽，谱写城乡自救歌。

2020 年 8 月 17 日

秋 思

一枕风凉醒碧纱，梦中荼蘼散天涯。
人间好景留不住，自叹流光袖底花。

2020 年 8 月 20 日

庚子处暑

处暑未临残暑褪，龙王覆手雨飞狂。
冲桥断路良田毁，大地呻吟痛国殇。

2020 年 8 月 22 日

赞秋雨爱心团队

早出身怀一煦阳，晚归霞映几尘黄。
扶残助困心肠热，秋雨兰仓播爱章。

2020 年 8 月 27 日

陇　秋

陇上秋来百果香，习风缕缕送微凉。
满眸墨绿添黄艳，山菊幽幽自逸芳。

2020 年 9 月 2 日

无　题

吾生世上一微尘，圆梦参禅渡洁身。
明月无言枫作客，感君同为画春人。

2020 年 9 月 5 日

过洛阳

秦地才辞一寐程，动车已过洛阳城。
山高水远胸中画，此去北京梦必成。

2020 年 9 月 7 日

夜食东来顺口占

夜行王府东来顺,困饿不堪川锁眉。
饥客无心香色味,焉知美食是非遗。

2020 年 9 月 7 日

喜 秋

天远碧云飞,池塘鱼蟹肥。
雨香长作伴,菊野笑依依。

2020 年 9 月 22 日

桂 花

道旁缕缕送奇香,眸觅桂枝描嫩黄。
正是阶州金月景,秋风放笔著华章。

2020 年 9 月 27 日

题内人家院小照

潇潇一夜雨声同,串串晨开花更红。
小院秋来光景好,葡萄满架弄清风。

2020 年 9 月 28 日

诗友唱和之作

题图学步
寡瓜牛

时逢玉露泣金风,绿叶紫葡一串红。
莫道春归无处觅,花团锦簇此门中。

题图赠秦波兄
梧桐雨

几串葡萄几串红,引来秋色此门中。
金风涌动贤居处,始觉宜人硕果丰。

感 秋

微风掠过梧桐树,一叶沾衣始觉秋。
岸柳横枝藏鹭鸟,蒹葭在水隐银鸥。
秦湖秀色游人醉,赤土丽光远客留。
最是白翁如梦幻,暮龄何以逊风流。

2020 年 9 月 29 日

九月三十日夜听雨打油

瓢雨连连惊梦香,声声敲打入心凉。
月余辛劳成泡影,只恨兰仓无馆堂。

2020 年 9 月 30 日

注:原定 10 月 1 日国庆节举办的全县职工篮球赛,因雨不能正常开幕了。

贺清宇同学评聘中学高级职称

经年守业历风霜,学识才情近达庄。
发白鬓灰终未悔,而今再度铸辉煌。

2020 年 9 月 30 日

中秋再寄（新韵）

中秋独自倚凭栏，夜雨潇潇人更寒。
遥寄诗心于老酒，远方亲友几时还。

2020 年 10 月 1 日

庚子双节喜吟

一

国庆中秋喜相逢，飘香丹桂石榴红。
千家团聚月盈满，万里河山锦绣雄。

二

庚子中秋桂馥幽，恰逢国庆两相酬。
万家团聚情悠婉，四海同歌乐九州。

2020 年 10 月 1 日

十月赞歌

金风熏醉三秋叶,稻谷丰盈万户箫。
一路花开云际外,中华盛世耀穹霄。

2020 年 10 月 1 日

中　秋

一

一轮圆月照,颗颗饼甜香。
游子相思梦,今宵知几长。

二

岁岁望圆月,年年又中秋。
时光留不住,思念染霜头。

2020 年 10 月 1 日

农历庚子八月十六夜雨

一夜风声伴雨声,孤灯对影向天明。
人间至是团圆月,多少相思多少情。

2020 年 10 月 2 日

过东村（新韵）

行游凤县过东村,秋雨秋风自在吟。
岚满山头花满陌,枫红秦岭送秦人。

2020 年 10 月 8 日

游青木川

千年古镇千年梦,千载悠悠千载情。
万水千山萦百念,虔心一片睹芳英。

2020 年 10 月 8 日

剑门关

钟秀眸间藏，雄奇惊蜀中。
古关依旧在，千载笑秋风。

2020 年 10 月 8 日

张飞赞

桃园结金兰，大义厚云天。
休说将军莽，威名千百年。

2020 年 10 月 8 日

阆中古城（藏头诗）

阆苑育仙葩，中华四朵花。
古妆今艳靓，城秀世皆夸。

2020 年 10 月 8 日

蜀行归吟

青山绿水醉眸光,文旅之行璨玉章。
坎路人生诗解意,归来蜀道啸声长。

2020 年 10 月 8 日

寒　露

叶落一心凉,黄花霜野香。
夜长清梦短,北雁向南航。

2020 年 10 月 8 日

再致妻子

曾经坎坷逝流水,多少磨难飞若云。
往事如烟皆过去,人生路上幸逢君。

2020 年 10 月 13 日

秋　念

秋已深深菊已黄，寒霜重重兼葭苍。
遥知汉水红枝累，谁问伊人在那乡。

2020 年 10 月 14 日

秋　思

露挂寒梢菊野黄，悠悠汉水兼葭苍。
家山千里茫茫路，明月清盅对影长。

2020 年 10 月 15 日

咏　菊

一江烟雨笼寒凉，万里霜天菊馥香。
步韵群芳不夺宠，钟情人世润诗肠。

2020 年 10 月 17 日

晚　秋

风寒草木已枯黄，落叶纷飞入梦凉。
莫叹花残春早去，人间依旧晚秋香。

2020 年 10 月 19 日

秋　韵

北风韵拙也清遐，院读诗书伴菊花。
眸览秋光人已醉，但消心惑一杯茶。

2020 年 10 月 20 日

秋　枫

一夜霜寒惊暮秋，黄花遍野但低头。
多情最是彤彤叶，曼舞风中醉尔眸。

2020 年 10 月 21 日

秋　雨

梦里连绵雨，潇潇一月头。
诗心秋湿透，深浅三分愁。

2020 年 10 月 22 日

傍晚藉河风情线 (新韵)

余晖一抹映湖中，两岸霓灯舞玉虹。
十里长堤人影动，几声鸥鹭弄风情。

2020 年 10 月 23 日

天水闻家犬阿黄病吟

相伴十年情意深，今朝君恙乱吾心。
龙城虽在无飞将，切切不能为尔针。

2020 年 10 月 23 日

暮秋天水（新韵）

秋风相伴与君逢，雨洗楼新街树红。
不夜藉河迷客醉，霓虹璨璨靓龙城。

2020 年 10 月 24 日

题秦州菊展

赤橙黄白争芳艳，妩媚仙姿韵入神。
正是多情秋月九，秦州菊展醉游人。

2020 年 10 月 24 日

无 题

逝水流光染鬓华，几多往事作浮槎。
窗前月下成追忆，梦里伊人何处家？

2020 年 10 月 24 日

重阳三首

一

佳节又重阳，心随大雁翔。
登高来处望，秦客动诗肠。

二

今宵重九节，游子客秦乡。
欲问窗前月，家山菊可黄。

三

今岁又重阳，东篱菊正黄。
莫吟秋色远，韵笔绘前方。

2020 年 10 月 25 日

西和诗词学会重阳节龙林采风

一

重九金轮菊正黄,群贤聚会寺桥乡。
登高一曲情悠远,汉水悠悠续宋唐。

二

登高远眺大香山,重九龙林会俊贤。
致富乡邻圆梦曲,秦声妙趣玉珠连。

2020 年 10 月 25 日

重阳龙林行

耕耘三载意何长,重九登高聚柿乡。
梦里十年怀往事,眉前几处起楼房。
椒园片片扶民策,客路条条借酒狂。
汉水印痕存记忆,流觞墨韵古今香。

2020 年 10 月 25 日

再咏重阳

又见篱前菊吐黄,满山红叶已重阳。
思亲总把茱萸插,往事都凝鬓上霜。

2020 年 10 月 25 日

咏西和诗词学会龙林采风

会遇重阳节,鳞龙故地游。
仇池诗友志,汉水浣肠修。
欣取花椒柿,且消传说愁。
同行题字画,把酒乐悠悠。

2020 年 10 月 26 日

秋

暑气渐消夜难长,枝头秋叶笑声黄。
多情最是和风雨,送岁浓浓稻谷香。

2020 年 10 月 27 日

吟　秋

枫红日丽好吟秋，欲把金华纸上留。
水韵山光陪笔墨，清风万里醉心眸。

2020 年 10 月 27 日

青泥岭

李杜吟叹蜀道难，青泥峻岭耸云巅。
今朝申遗承文运，圆梦千年敬谪仙。

2020 年 10 月 28 日

秋　雪

正是天凉好个秋，千山一夜雪花头。
东君已就初心负，忒让冬郎蒙尽羞。

2020 年 10 月 31 日

送赵亚王林村赴任（新韵）

东野黄菊重九艳，送君十里到王林。
但书春色山川秀，登顶翠峰文旅人。

2020 年 11 月 5 日

立 冬

一山黄叶落残秋，满目霜天立季头。
岁月无情时序替，且吟旧曲遣闲愁。

2020 年 11 月 7 日

立 冬

岁月多情常序替，荷残菊败节冬来。
莫叹雪野千虫隐，笑看梅红枝上开。

2020 年 11 月 7 日

赞"一带一路"

丝绸之路越千年,异域神州经贸连。
北斗航天精准策,中华几代梦今圆。

2020 年 11 月 8 日

再咏尹坝

秋深霜菊艳,枫影旧山新。
国策帮扶志,烟村已脱贫。

2020 年 11 月 11 日

寒衣节

暮色携愁客,凄然家墓前。
万般思故泪,化作一丝烟。

2020 年 11 月 15 日

刘山柿子

霜风吹落一村红，点点灯笼悬半空。
产业千秋秋意满，乡亲万户话年丰。

2020 年 11 月 18 日

初 冬

窗前又见玉花悠，物换星移令菊羞。
煮酒围炉陪旧友，吟哦品茗释千愁。

2020 年 11 月 18 日

冬 菊

雁去秋声远，冬来草色黄。
岁逢霜雪冻，陌野菊犹香。

2020 年 11 月 20 日

咏　竹

胸怀云鹄志,直节向穹天。
风雨何曾惧,冰容最是坚。

2020 年 11 月 26 日

咏　雪

银娥款款来,悄悄弄梅开。
质令群山舞,清高心志裁。

2020 年 11 月 27 日

致敬村支书

水深山岭陡,攀涉不弯腰。
圆梦攻坚紧,旌旗雪野飘。

2020 年 11 月 27 日

圆梦陇南（新韵）
——贺陇南脱贫摘帽

陇南楚楚赛江南，美丽乡村大观园。
八载攻坚穷尽远，千年一梦梦今圆。

2020 年 11 月 30 日

贺洮坪乡村记忆馆揭牌

洮坪山水意悠悠，美丽乡村景唱酬。
文史千年留记忆，揭牌开馆最风流。

2020 年 12 月 1 日

阶州新咏

市府通衢八县朝，阶州古地自妖娆。
白龙飞舞流光韵，五凤高歌丽日霄。
北峪花椒争艳俏，南山橄榄笑弯腰。
旅游文化平台妙，陇蜀桥头堡最骄。

2020 年 12 月 2 日

乡 情

寒山雪岭闲云伴，瘦水清歌闹柿红。
大雁南归君若问，兰仓故里客魂中。

2020 年 12 月 4 日

初 冬

唱罢黄花赋，今吟白雪歌。
世间多美景，最怕枉蹉跎。

2020 年 12 月 5 日

大雪节吟（新韵）

岁序轮回玉蕊飞，寒风落叶莫生悲。
一壶老酒终身伴，作赋吟歌心自归。

2020 年 12 月 7 日

大雪节吟

大雪一登台,琼妃巧手裁。
梅开祥瑞气,世境少尘埃。

2020 年 12 月 7 日

贺《诗蕴兰仓》出版(一)

祁山千古秀,汉水浣肠柔。
诗蕴兰仓意,秦人再唱酬。

2020 年 12 月 8 日

贺《诗蕴兰仓》出版(二)

逶迤祁山千古秀,悠悠汉水浣肠柔。
西陲铸鼎秦人纠,诗蕴兰仓今唱酬。

2020 年 12 月 8 日

冬日山村有吟

九天玉女撒琼花,旋舞翩翩笼薄纱。
祥瑞融身山野处,柴薪暖送小芳家。

2020 年 12 月 9 日

有感随吟

岁月步匆匆,人生似梦中。
青山从未老,笑看夕阳红。

2020 年 12 月 10 日

有 赠

张声微齿笑盈春,秀目蛾眉顾盼神。
美若天仙凡界下,兰心丽质最怜人。

2020 年 12 月 12 日

祁山怀古

问道祁山寻古堡,凝眸蜀柏冷森森。
像前脉脉难成语,耳畔悠悠且泣音。
三顾茅庐酬汉帝,二扶刘氏竭丹心。
是非功过休闲论,一代名相颂至今。

2020 年 12 月 16 日

村　暮

斜阳一抹半天红,袅袅炊烟暮色中。
犬吠鸡鸣村巷动,归人远处影匆匆。

2020 年 12 月 17 日

冬日乡情

琼玉飘飘又入冬,屏山四岭雪重重。
樊笼困我慈亲远,几缕炊烟情更浓。

2020 年 12 月 18 日

山村雪后

西风昨夜荡千山,万壑新枝展笑颜。
四野茫茫银色染,清平喜送满人间。

2020 年 12 月 19 日

严洼知青之家

风雨沧桑半世秋,当年生活印痕留。
峥嵘岁月堪回首,今日严洼步韵游。

2020 年 12 月 20 日

思母诗五首

庚子冬至

冬至临寒意,梨花一夜飞。
团圆香饺热,娘魄九天归。

冬至失亲

庚年冬至殇，儿女失亲娘。
子夜寒风骤，无情雪正狂。

送母魂归故里

冽风冬夜骤，去路鸦声瘦。
伏柩送归魂，寸心冰泪透。

忆 梦

昨夜老庄边，娘亲话早前。
声声叨语在，梦醒泪潸然。

思 亲

思来丝万缕，念去起千愁。
母爱心魂驻，亲人泪鬓头。

2020 年 12 月 20 日

感 吟

昨夜西风紧，晨山雪几重。
一声屏上问，情已暖三冬。

2020 年 12 月 21 日

冬　至

冬至无寒意，心随六出飞。
团圆香饺问，远客几时归。

2020 年 12 月 21 日

咏　冬

雪压千峰竹，风欺万岭松。
故山依旧梦，百兽隐无踪。

2020 年 12 月 21 日

雪晨赞妻

琼蕊飘飘柴院访，朔风嗖嗖向寒家。
围炉煮茗茶香暖，赞韵今吟一朵花。

2020 年 12 月 23 日

桂殿秋·登赤土山

登顶处，展胸怀。兰仓锦绣满眸来。
车流大道纵横布，鸟唱高楼比栉排。

2020 年 12 月 24 日

教 师

一

古传三尺地，热血演春秋。
汗雨滋桃李，霜头不说愁。

二

半世经风雪，平生挑未来。
李桃汗雨润，簧圃育英才。

2020 年 12 月 29 日

年关吟

岁末家山远,他乡人影孤。
老村年味近,游子望归途。

2020 年 12 月 30 日

雪

一

玉花天女散,大地入心舒。
白发农夫笑,丰仓谷米储。

二

冬情景自依,山野玉妆晖。
风冽寒窗外,梨花十万飞。

2020 年 12 月 30 日

无 题

一

凭空一念有还无,遥向长天鼓与呼。
知己难寻邀月醉,孤蓬野鹤共江湖。

二

人生难脱是江湖,回首曾经少坦途。
遥望前方虽坎坷,初心不改自通衢。

2020 年 12 月 31 日

元 旦

岁岁一元同,年年喜节逢。
今圆康乐梦,梅映万山红。

2021 年 1 月 1 日

元日夜雨

元日启新程,春霖夜客声。
远山晨霁锦,今岁更峥嵘。

2021 年 1 月 1 日

隆　冬

四野梨花舞,千川草木枯。
河山琼宇美,蕴绿展宏图。

2021 年 1 月 2 日

冬日秦皇湖

深冬风凛冽,雪扫苇苕枯。
岸柳琼珠挂,冰封百亩湖。

2021 年 1 月 3 日

小寒晨吟

节至小寒寒夜长,娘亲入梦梦何香。
晨来风卷鹅毛雪,不见亲娘断寸肠。

2021 年 1 月 4 日

冬　日

山籁鸟无啼,寒风雪野凄。
红炉香茗醉,吟咏着心迷。

2021 年 1 月 9 日

悼　母

慈母归西响炸雷,顿教儿女泪横催。
音容虽在从兹去,笑貌犹存再不回。
哭问苍天无答语,忍翻遗物又生哀。
梅兰竹菊尔高洁,赢得星辰日月陪。

2021 年 1 月 10 日

刘清宇悼诗

忽闻伯母鹤西行,顿失高堂念故情。
且立屏前聊表意,也书道义续兰亭。

夜梦有感

昨夜梦香醇,分明见母亲。
醒来心自问,还做梦中人?

2021 年 1 月 16 日

忆梦思母

夜半娘亲入梦来,慈颜如旧笑怀开。
一颦一语成追忆,晨醒儿男泪湿腮。

2021 年 1 月 19 日

庚子腊八吟

腊八庚年节，琼飞梅欲开。
万家香粥味，祛疫盼春来。

2021 年 1 月 20 日

庚子腊八逢大寒感吟

雪天万里尽冰寒，腊八千家香粥餐。
一岁枯荣惊岁短，迎春逐疫迎平安。

2021 年 1 月 20 日

屏咏见各梁变迁（新韵）

隔屏遥望故山川，十五年来换旧颜。
一岭三庄行烂路，百屋九破冒黑烟。
驻村蹲点谋发展，产业培植攻难关。
智志双扶寒岁暖，小康圆梦举国欢。

2021 年 1 月 21 日

腊月夜情思

旧岁将归已是真，心中思念一佳人。
月圆遥望叹孤独，自问感知多少亲？

2021 年 1 月 25 日

接句吟新

喜眸墙角艳梅开，信是东君款款裁。
疫气无妨春脚步，新年牛背唱高台。

2021 年 1 月 26 日

立春吟

柳舞长堤暖，鸭嬉河水肥。
家山春意蓄，静待雁声归。

2021 年 2 月 4 日

立春感吟

逝水时光又一元,迎春斗艳鸟声喧。
前行路上休言累,岁月枝头香果繁。

2021 年 2 月 4 日

贺陇南诗词入驻中华诗词论坛

枝上寒梅正馥香,陇南天阁入高堂。
中华古韵源流远,琴瑟和鸣著锦章。

2021 年 2 月 6 日

谒两当兵变纪念馆

巍峻青山笼瘴烟,广香河水亦难眠。
两当兵变惊雷起,革命火苗西北燃。
万里陇原旗猎猎,百年秦岭意绵绵。
今留基地开红馆,先烈精神代代传。

2021 年 2 月 10 日

咏 梅

一点嫣红含秀色,满怀素洁绝纤尘。
凛寒傲雪心高节,香破冰封喜报春。

2021 年 2 月 10 日

咏 春

四季往来循,红梅早报春。
惊雷穹宇震,沃野草如茵。

2021 年 2 月 10 日

除夕感吟

恶梦回神一岁除,山河依旧景前如。
金牛翻起田头浪,疫去无踪万户居。

2021 年 2 月 11 日

庚子除夕吟

除夕守岁半宵明,春晚佳肴趣妙生。
辞旧迎新开大计,樽杯共举庆升平。

2021年2月11日

春节感吟

翩翩旧岁除,万象始年初。
欲赏秋光美,先将春色书。

2021年2月12日

春日感吟

时光织梦太匆匆,燕舞莺歌又闹春。
桃李花飞云影弄,新程还做苦行人。

2021年2月13日

咏水仙

偏待一阳台，婷姿水韵裁。
不违春色约，但送暗香来。

2021 年 2 月 13 日

感　春

时光又一轮，不觉已惊春。
柳眼枝头嫩，风和万象新。

2021 年 2 月 13 日

有感秦西垂陵园游客爆满

秦祖陵园初九游，编钟敲响唤金牛。
南来北往慕名至，古语今文引众流。

2021 年 2 月 14 日

再咏雨水节

东风吹得山河醒,小草萌芽已有情。
雨水今临希望至,冬春大地两分明。

2021 年 2 月 20 日

赞喀喇昆仑英雄

英雄离陇去,热血守昆仑。
铁骨驱狼虎,捐身铸国魂。

2021 年 2 月 20 日

致敬陇南英烈陈红军

喀喇河山起燧烟,男儿驱豹壮身眠。
一杯乡酒昆仑望,酹敬英灵在九泉。

2021 年 2 月 20 日

辛丑元宵二首

其 一

上元佳节闹元宵,火树银花逸韵飘。
玉宇河山同焕彩,汤圆映月酒相邀。

其 二

焰火腾空耀九天,龙灯溢彩映婵娟。
金牛引我驰心志,喜约佳朋醉醴泉。

2021 年 2 月 25 日

元宵节

锣鼓闹喧天,汤元赛月圆。
华灯流异彩,今夕是何年?

2021 年 2 月 26 日

惊蛰有吟（新韵）

惊梦百虫眠语醒，春光曼舞闹春台。
夜来一阵相思雨，窗外桃花落客怀。

2021年3月5日

五撮点

崇山沟岭即为家，每到春来孕物华。
嫩蕊新芽酬万户，佳肴医病众人夸。

2021年3月6日

注：五撮点，即野生刺五加，医食兼用。

全国脱贫攻坚表彰大会感吟

莺声织柳漾烟丝，正是春风乍暖时。
万点雷鸣欢掌起，乡村振兴展旌旗。

2021年3月6日

三八节赞梁兰（新韵）

谁言女子不如男，万水千山一网连。
农特野珍飞海外，电商圆梦赞梁兰。

2021年3月8日

注：梁兰，全国人大代表，陇南电商农民合作社领头人。

郊　游

丽日郊游汉水滨，玉兰舒柳笑迎人。
城居不晓春来早，蝶舞蜂歌闹绿茵。

2021年3月8日

三月两会开

又是一年三月花，天开祥瑞佑中华。
铿锵两会播心骨，杨柳春风绽绿芽。

2021年3月9日

感 春

一

春光十里叩心扉,紫燕呢喃柳翠微。
昨夜悄然风雨后,枝头花落语依依。

二

如丝细雨染群山,杨柳萌芽绿几湾。
最是春来风景美,农家难得半天闲。

2021 年 3 月 9 日

咏 春

一

一夜春风柳笛悠,北来筑梦燕声柔。
远山近水眸中秀,百里桃花醉客游。

二

东风昨夜度关山,万里长天燕语环。
柳绿桃红流水碧,仙姑落落到人间。

2021 年 3 月 9 日

感 春

燕语碧穹环，寒溪流水潺。
春风方一度，农友少人闲。

2021 年 3 月 10 日

花甲吟（新韵）

逝水流光改鬓颜，花开岁月五轮年。
心中如若春常在，也做黄忠也做仙。

2021 年 3 月 10 日

春 分

昼夜均分天日暖，微风吹得百花稠。
春光遍染山川绿，画意诗情解旧愁。

2021 年 3 月 12 日

春日到宝鸡

桃红柳绿是花期，相约春风到宝鸡。
脚量秦川思绪起，秦人东进大秦缔。

2021 年 3 月 12 日

汉中油菜花节纪行

一

丝丝细雨伴游程，相约汉中花海行。
满目嫩黄香锦绣，恨无佳句抒诗情。

二

春风邀我汉中来，万亩芸薹宴客开。
眸海花黄金浪荡，清香馥郁醉心怀。

2021 年 3 月 13 日

咏汉中油菜花节

汉水吐芬芳,春风织嫩黄。
佳期圆客梦,文旅著华章。

2021 年 3 月 13 日

秦 岭

神州秦岭秀,横出舞长龙。
盛世祥云起,昂然太白峰。

2021 年 3 月 14 日

游诸葛古镇感吟

世事从来真亦假,崭新古镇两年成。
客流如织银票撒,文旅花开产业荣。

2021 年 3 月 14 日

勉县武侯祠随咏

方别祁山来勉县,又临诸葛墓祠前。
三分伟业名天下,多少今人吊古贤。

2021 年 3 月 14 日

春龙节感吟（新韵）

春风一夜度关山,北望长空燕又喃。
农父自知年味远,桃花深处早耕田。

2021 年 3 月 14 日

西汉水风情线春色

春满西江岸,冰融水色胖。
柳枝摇嫩绿,唤醒百花欢。

2021 年 3 月 15 日

有　赠

思起倍情深，念来香醉心。
桂花芳郁馥，兰质有清音。

2021 年 3 月 15 日

春日感吟

东风昨夜吹芳草，柳绿桃红又碧天。
忘却前程寒与暖，春心一路咏诗篇。

2021 年 3 月 16 日

张坝古村行

日丽风和春又是，邀来张坝古烟村。
菩提树下仙言隐，鸟鸟桥头客语喧。
吊脚木楼怀旧史，磨盘石碾孕今魂。
非遗引领游人醉，陇蜀文明存印痕。

2021 年 3 月 19 日

诗友西山赏花

一

夜雨多情洗旧尘，西山今约赏花人。
夭桃灼灼云天染，燕舞莺歌满目春。

二

满眸桃杏呈芳艳，十里西山柳色深。
靓女才郎来弄影，飘香瑶蕊有诗吟。

2021 年 3 月 29 日

春日感吟

春雨润花娇，风和丽日娆。
人生多少事，心静自逍遥。

2021 年 3 月 29 日

山湾梦谷纪行四首

参加古羌民俗旅游考察（新韵）

随春追梦到山湾，细雨迎宾不觉寒。
文旅花开芳意秀，古羌村寨绽欢颜。

民俗展演（新韵）

春风一夜染羌山，文旅花开惹众仙。
特色民俗迷客醉，锅庄篝火舞翩翩。

山湾梦谷之夜

莫言村寨入云天，万盏星灯伴客眠。
溢彩流金眸璀璨，几声犬吠醉神仙。

宿山湾梦谷民宿

绿满箩湾花满谷，清香阵阵动诗心。
驱车百里临仙境，醉卧民居梦里吟。

2021 年 4 月 1 日

无　题

桃花向碧霄，云锦自逍遥。
纵有千般意，奈何心路迢。

2021 年 4 月 2 日

清　明

沥沥清明雨，柔成泪水流。
千年承祭礼，难断念悠悠。

2021 年 4 月 4 日

清明夜梦有问

昨夜故园亲，依依偎我身。
醒来心自问，真是梦中人？

2021 年 4 月 4 日

野　菜

身恋大山坳，凌寒立树梢。
春风新绿透，华丽著佳肴。

2021 年 4 月 5 日

春　韵

燕子归来筑旧巢，春风着意舞林梢。
千山草碧花争艳，万物瑶筝雅韵敲。

2021 年 4 月 5 日

细雨送君行

阶州细雨送君行，点点丝丝寄别情。
动铁通航连海际，电商贸易播声名。
呕心兴陇陇康富，勤政为民民已荣。
北上金城辞故地，登高一曲续新程。

2021 年 4 月 5 日

白龙江廊桥

廊宇起龙江,阶州世罕双。
霓虹清影动,曼舞伴秦腔。

2021 年 4 月 5 日

天命自吟

五十华年似梦梭,人生岁月易蹉跎。
前程冷暖何回首,莫忘初心唱壮歌。

2021 年 4 月 6 日

上坪采风吟

采风黄嘴赏洮河,两岸青山卉木多。
碧水清清流雅韵,文人骚客赋诗歌。

2021 年 4 月 8 日

赴会宁党日活动四首

会宁会师旧址

凄风苦雨向前行,雄武三军聚此城。
北上擎旗河岳锦,会师楼塔播英名。

咏会宁会师塔

三军会此中,北上铸雄功。
宏塔巍巍峻,河山万里红。

参观会师楼

一任肩头水雾萦,虔心颗颗睹芳英。
红楼百载言前事,教化今人举世名。

谒会宁会师纪念馆

久慕英名访赤城,主题活动伴春行。
桃花陇水含情意,宏塔雄门鸣鼓声。
师会楼前航向定,兵挥陕北战旗旌。
百年风雨河山锦,喜看神州寰宇惊。

2021 年 4 月 12 日

自 吟

一

归燕又吾家，春风艳院花。
门含千岭绿，吟客品明茶。

二

对镜怜孤影，青丝著雪花。
前程多少事，化作额纹爬。

2021 年 4 月 14 日

樱 花

粉腮桃面胜西子，一艳倾城映日霞。
蝶舞蜂飞香觅醉，人间四月数樱花。

2021 年 4 月 16 日

参观龙池湾战役纪念馆

欣逢建党百年春,红馆重游别样亲。
血战龙池留史迹,将军独臂励今人。

2021 年 4 月 18 日

注:晏福生中将,独臂将军,龙池湾战役受伤,今在甘肃礼县盐官镇龙池村留"藏身洞"遗址。

桃 花

春暖千山绿,桃花映碧霞。
年年芳馥送,不羡世人夸。

2021 年 4 月 18 日

赴会宁开展党史教育吟

欢言笑语伴春行,一片虔心到赤城。
三塔擎天看未了,孤楼拔地喜相迎。
重温党史宣宏誓,再唱红歌谱壮声。
雄武会师成故事,而今吾辈效君风。

2021 年 4 月 18 日

西山晨练三首

一

晨光洒满坡,翠鸟悦心歌。
健步山行者,谁知花甲多。

二

满目映云霞,晨山香媚花。
莺春身健练,不负好年华。

三

健步西山上,风柔桃蕊香。
花枝鸣翠鸟,悦赏醉春光。

2021 年 4 月 19 日

雨中吟（新韵）

一

江天春雨细，草木色泽新。
谁个怜花瘦，风中叹岁深。

二

夜雨阶前落，幽思心底浮。
徐徐添岁月，漫漫钓江湖。

2021年4月24日

咏礼县苹果花节

笑脸映云霞，香花醉万家。
佳期芳郁馥，文旅绽奇葩。

2021年4月26日

兰仓之春

一

三月兰仓景气新，复苏万物梦中臻。
东风吹绿燕河岸，细雨淋红赤土春。

二

东风催暖西江水，柳绿桃红蕊溢香。
曦沐花枝鸣翠鸟，家山万里醉春光。

三

千柳岸堤呈秀色，一河碧水现温馨。
兰仓美景怡心醉，画意诗情脑海铭。

2021年4月26日

礼县苹果花节三首

苹果花节

一夜春风绽粉花,秦川百里落云霞。
奇香沁客游园醉,文旅融和吐艳葩。

苹果花

白嫩粉红渐次开,妖娆神韵自天来。
心中但使春常在,纵落风尘也不哀。

游苹果花节

春意盈盈节会成,香花弄影丽人行。
蝶蜂嬉蕊翩翩舞,骚客酣游有咏声。

2021年4月26日

晨练西山有吟

一夜春风绽百花，千坡万壑落云霞。
曦光沐面鸟鸣翠，悦目香心喜客爬。

2021 年 4 月 28 日

秦　腔（新韵）

腔圆型又正，雄壮贯长虹。
秦客三声吼，千年不了情。

2021 年 4 月 30 日

健步西山

春和景气明，翠鸟耳梢鸣。
健步晨山碧，悠哉度此生。

2021 年 4 月 30 日

花落有感（新韵）

冬去春回春又深，蜂飞蝶舞蕊花寻。
几番雨打香红落，一语惊心梦里人。

2021 年 5 月 1 日

记　梦

思心半夜未成眠，梦里萦回老宅前。
往事如烟过眼影，吾耕妻作赛神仙。

2021 年 5 月 1 日

谷雨山游未成憾吟

曦山晨曲雀虫鸣，半落香花缀碧清。
欲作闲游尘事绊，徒伤谷雨一乡晴。

2021 年 5 月 1 日

春 花

迎风香气送,含露滴清音。
可笑寻芳客,无人知我心。

2021 年 5 月 1 日

夏日感吟

夏至湖边草色青,杨花柳絮舞曾经。
问询南北东西客,岁月匆匆可得停。

2021 年 5 月 5 日

赞翠峰寺(古风)

魅力大礼县,翠峰后花园。
丽景迷眸醉,旅游助梦圆。

2021 年 5 月 6 日

自题小像

半生漂泊过，每每似浮萍。
未染风尘事，心安自得宁。

2021 年 5 月 7 日

春游西狭

两岭青山迷眼绿，几帘飞瀑客心鸣。
廊亭顾影春风醉，栈道悬空气势宏。
太守凿崖西狭路，仇人摩刻汉书名。
黄龙潭水悠悠意，万里游人寄旅情。

2021 年 5 月 10 日

注：《西狭颂》，亦称《李翕颂》《黄龙碑》。东汉建宁四年（171）六月，仇靖撰刻并书丹的摩崖石刻，隶书书法作品。位于甘肃省成县天井山鱼窍峡。与陕西省汉中市的《石门颂》、略阳县的《郙阁颂》同列为汉代书法"三颂"，颂文主要记载了东汉武都郡太守李翕率众开天井道的历史政绩，是三大颂碑中保存最完整的一座摩崖刻石，在书坛有极高的研究价值，也是国家 4A 级旅游景区。

题星空夜市

星空绽华灯,西江映月升。
一街佳食美,夜市宴亲朋。

> 2021 年 5 月 13 日

雨后闲吟

雨后群山分外青,香风鸟语不曾停。
还将色彩藏心底,且等金秋染画屏。

> 2021 年 5 月 15 日

西江吟

水光山色半轮秋,风弄蒹葭韵语酬。
雁字长空描别意,西江万古但悠悠。

> 2021 年 5 月 18 日

贺武都区朗诵协会成立

红日照阶州,龙江滚滚流。
百年圆国梦,吟诵颂千秋。

2021 年 5 月 20 日

感　吟

人生风雨骤,万事每难酬。
忘却烦跟恼,何须愁白头。

2021 年 5 月 22 日

大香山

谁置庙堂云日端,大香山上驻灵仙。
群峰俯首齐朝拜,福佑生民万万年。

2021 年 5 月 23 日

悼袁隆平院士二首

（一）（新韵）

情寄杂交稻，平生阡陌行。
世间失后稷，寰宇悼袁公。

（二）

稻菽千重浪，袁公赛百神。
民饥今得解，温饱地球人。

2021 年 5 月 23 日

长相思·自吟

夜梦游，日梦游。多少尘缘逝水流，风霜染白头。
想无休，念无休。意乱心飞身若囚，远途谁解愁。

2021 年 5 月 24 日

痛悼袁公二首

（一）（新韵）

情寄杂交香稻酬，生民饥饱已不愁。
世间后稷今仙去，寰宇怜公天泪流。

（二）

一生阡陌汗长流，愿解民饥蹲垄头。
后稷归仙寰宇震，但留世上稻香酬。

2021 年 5 月 26 日

长相思·秋日西山远眺

云悠悠，水悠悠。天际相连不见舟。西江缓缓流。
日无休，夜无休。夹岸蒹葭霜白头。岁光无处留。

2021 年 5 月 29 日

六月吟

布谷声声叫,新蝉唱婉音。
麦黄田织锦,农父喜眉心。

2021 年 6 月 4 日

芒　种

芒种日炎炎,槐花四野甜。
田黄波浪荡,布谷叫开镰。

2021 年 6 月 5 日

端午有祭

志士雄心终未酬,汨罗千载诉君愁。
节临祭奠惟香粽,忍把《离骚》诵不休。

2021 年 6 月 14 日

打工谣

且辞年味向南求,半载艰辛汗雨流。
日暮乡关何处是,家山麦熟客心愁。

2021 年 6 月 15 日

记　梦

昨夜佳人入梦来,柔声笑脸似花开。
凤凰台上凰求凤,几缕心思费客猜。

2021 年 6 月 15 日

赠合唱团诸君

汉水漾清波,相逢两首歌。
红尘多少事,何必叹蹉跎。

2021 年 6 月 26 日

注:2021 年 6 月 26 日,吾曾组团 100 人代表礼县参加陇南市庆祝建党 100 周年大合唱比赛,参赛两首歌曲名为《撸起袖子加油干》《黄河颂》。

再登黄鹤楼

南游有幸上名楼,烟雨迷蒙楚地幽。
日暮乡关何处是,遥遥北国客心头。

2021 年 6 月 28 日

建党百年感吟

南湖逐梦起航程,万里长征举世惊。
风雨百年河岳秀,初心更铸国民荣。

2021 年 6 月 30 日

夏游黑凤潭

一壶珠玉深潭落,五月红莓靓目边。
夹岸青山含紫气,几溪碧水映蓝天。

2021 年 6 月 30 日

注:黑凤潭,在礼县上坪乡草山村红桦沟。

题聚朋湾农家乐

碧水绕青山,农园嵌此间。
湖鱼嬉客闹,鹂鸟向人攀。
野杏妆红脸,佳肴养胃颜。
去城三十里,闲约聚朋湾。

2021 年 6 月 30 日

咏柳絮

多情柳絮伴杨花,漫向游人掩草芽。
一任天涯由自去,飘零何处是乡家?

2021 年 6 月 30 日

百年颂歌

红船指路明,风雨百年程。
国脉初心铸,寰球举目惊。

2021 年 7 月 4 日

咏 秋

长空云笼燕孤啾，又是天凉好个秋。
试问滔滔东逝水，能捎心上几分愁。

2021 年 7 月 5 日

吟诗千首自吟

八载蹉跎自苦哦，今成千首咏怀歌。
初心续写前程路，诗友文朋唱和多。

2021 年 7 月 8 日

咏树莓

深居山野自呈芳，万绿丛林带露妆。
满树火红迷眼笑，甜香一缕信君尝。

2021 年 7 月 8 日

幽寺听蝉

林深通曲径,山寺久闻名。
暮鼓晨钟起,清蝉唱和声。

2021 年 7 月 9 日

再致L君

半世梦寻春,偏怜一女神。
夜深寒雨问,原是负心人。

2021 年 7 月 9 日

夏 雨

滂沱大雨下瑶池,正是农家收麦时。
纵送清凉消暑去,书生捉笔怎成诗?

2021 年 7 月 15 日

祁山怀古

——和张克复会长

其 一

鼓角不闻钟磬鸣，森森古柏伴先生。
隆中一对三分鼎，六出祁山又点兵。

其 二

茅庐三顾惊天地，鼎足无妨尽赤忠。
二表已明诸葛意，千秋胜败任参同。

2021 年 7 月 16 日

附：张克复会长原玉

张克复诗二首

登祁山堡

雄垒横空战马鸣，心存疑事问先生。
隆中已对三分鼎，何必祁山徒用兵！

祁山堡口占

以攻为守安巴蜀，以弱驱强六出功。
后世不知诸葛意，说胜说败妄参同。

赠乙君（新韵）

山水虽隔断，琴心却相连。
对天斟酒问，何日与君欢？

2021 年 7 月 18 日

夜雨忆兰仓

夜雨洗心尘，窗前柳色新。
兰仓风入面，客静不知秦。

2021 年 7 月 18 日

游金马池

一

神游金马池，满目绿源痴。
野曲薰心醉，拾来一串诗。

二

薰风撩客醉，碧绿荡清诗。
文友云天聚，神游金马池。

2021 年 7 月 20 日

注：金马池，指陇南市武都区金厂、马营、池坝三乡镇，属高山草原草甸区，是乡村旅游示范景区。

附：张克复诗

秦都怀古

张克复

漾水草青青，来瞻秦祖城。
嬴非繁大马，任好霸西戎*。
猎猎军威壮，辚辚车阵行。
东征并天下，万代尚峥嵘！

2021年7月25日

注：任好，秦穆公，春秋五霸之一。

八一抒怀

八一军旗血染红，初心不忘展雄风。
大灾大难何曾惧，陷阵冲锋天下公。

2021年8月1日

立秋吟

夏暑炎流炙，秋风悄语香。
绿黄凉入夜，瓜果润诗肠。

2021年8月5日

诗和远方采风活动诗三首

游秦西垂陵园

采风游汉水,同志聚兰仓。
吟诵兼葭调,情怀秦始皇。
关城修万里,钟鼎纳千祥。
自古英雄志,中华故事长。

题诗和远方采风活动

问道祁山堡,寻根秦祖陵,
采风西汉水,文脉古今承。

探秘四角坪

丽日风和四角坪,诗和远方伴君行。
觅今访古探秦踪,文旅今融美梦成。

2021年8月5日

立秋吟

八月秋风忽送凉,秦湖水鸟向茫苍。
蒹葭葱绿蜂飞舞,大雨连宵涨野塘。

2021 年 8 月 7 日

七 夕

一

谁信在天堂,银河隔想望。
鹊桥今搭上,织女会牛郎。

二

方晓在天堂,相思也断肠。
鹊桥仙搭上,人间举杯觞。

2021 年 8 月 14 日

初秋感怀

一场秋雨一场凉,缕缕丝丝唤叶黄。
莫怨人生风浪紧,相思自古断君肠。

2021 年 8 月 17 日

初秋过肖良石坪

云雾盘岩间,青山荡眼前。
近听灵鸟啭,远望牧牛翩。
曲岭知秋色,荒村去逝川。
人行油画里,心寄野田边。

2021 年 8 月 19 日

秋夜有吟

萧瑟秋风入夜凉,独怜月影客心伤。
相思一片君何见,大漠家山两渺茫。

2021 年 8 月 22 日

金 秋

金风染叶黄,夜雨送秋凉。
雁阵穹天叫,神州五谷香。

2021 年 8 月 29 日

秋 雨

一缕微风暑气藏,几场夜雨送秋凉。
旅人对影思心远,梦里家山品果香。

2021 年 8 月 29 日

教师礼赞

一

春桃夏李费心裁,三尺平台育栋才。
鬓雪人生终不悔,金风岁岁果香来。

二

经年守业历风霜,学识才情近达庄。
白发勤耕终未悔,童心永在续辉煌。

2021 年 9 月 5 日

白　露

白露来临秋气冷，西江两岸水风凉。
枝头叶落无丝语，菊野依依凛玉霜。

2021 年 9 月 7 日

五十四岁生日抒怀

一片豪情对墨笺，斟词酌句度流年。
喜描壮美西山岭，漫咏缤纷南圣泉。
物欲轻抛多惬意，风云淡看少怀牵。
休言霜鬓当停歇，韵路催征再着鞭。

2021 年 9 月 17 日

注：生日是每一个人来到这个世界的纪念，应该是准确的，可是父母一直以来告诉我：你的生日是农历十七，八月还是九月忘了，反正正掰玉米呢！这些年来我一直不解，身份证登记了个九月九日重阳节。现在父母都走了，我想他们不告诉我，肯定是蕴藏着一个秘密，昨天八月十七，想想，八月十五是中秋，传统中秋团圆节过后两天就是生日，甚好，还是选定为吾的生日吧！

秋 怀

玉露凋伤枫树林,秋风落叶满山金,
蹉跎岁月鬓霜染,不改思君一片心。

2021 年 9 月 17 日

感 秋

一

逝水时光又一秋,枝头红果笑相酬。
花开花落寻常事,岁月悠悠何自愁。

二

云淡天高鸟悦晴, 潮生潮落自怡情。
家山应是果千树, 多少离人望月明。

2021 年 9 月 19 日

中　秋

皓月洒银光，嫦娥舞霓裳。
人间香果饼，最是醉君肠。

2021 年 9 月 21 日

中秋二题

一

皓月清辉播九州，嫦娥今夜舞琼楼。
他乡独饮谁人醉，难解相思万缕愁。

二

嫦娥邀我到琼楼，把盏瑶池舞唱酬。
玉帝金樽言大爱，清晖似酒解千愁。

2021 年 9 月 21 日

中秋夜雨吟

潇潇一夜中秋雨,缕缕相思醉客心。
纵隔千山和万水,魂牵梦绕是乡音。

2021 年 9 月 21 日

秋夜公园有吟

水上公园几度寻,一池碧绿涤尘心。
晚来不见伊人影,独对秋风苦行吟。

2021 年 9 月 21 日

咏　秋

云淡天高秋又深,蝉声已远逝光阴。
金风吹皱芦花水,玉露凋伤枫树林。
残叶蓬垂寻有迹,疲桐铃摆觅无音。
菊迎霜降从容放,不负骚人一片心。

2021 年 9 月 23 日

秋　风（新韵）

秋风款款来，菊桂自然开。
往事无声去，谁萦客梦怀。

2021 年 9 月 23 日

感　秋

落叶纷纷秋色黄，千川五谷已收仓。
莫叹岁月飞流去，窃喜东篱菊馥香。

2021 年 9 月 24 日

国庆礼赞

佳节舞翩翩，神舟揽九天。
脱贫书大业，复兴梦今圆。

2021 年 10 月 1 日

国庆文旅考察过清水

国逢华诞陇山红,重访秦亭行向东。
迷眼黄花迎好客,辕轩故里醉秋风。

2021 年 10 月 2 日

关山草原

落叶无声悲寂秋,草原今约客来游。
秦人东进千般苦,牧马关山帝业酬。

2021 年 10 月 2 日

马嵬坡感怀

马嵬坡野菊还开,瑟瑟秋风待客来。
自古红尘多少事,留传世上费人猜。

2021 年 10 月 2 日

十月三日夜汉中大雨而作

一夜潇潇雨,惊醒梦里人。

东君违客意,隐遁阻秦神。

2021 年 10 月 3 日

广元有吟

巍峙剑门巴蜀雄,清清嘉水日流东。

钟灵毓秀名天下,一代女皇朝帝宫。

2021 年 10 月 4 日

三星堆遗址

沉睡几千年,一醒惊地天。

蜀琴承古韵,文化脉相连。

2021 年 10 月 5 日

两字咏国庆游

华诞两南边,秦家两地牵。
东西虽两望,游意两相连。

2021 年 10 月 5 日

注:两南指东南沪杭、西南成渝。

谒成都武侯祠

风雨莫言愁,欢声到益州。
武侯祠庙谒,忠骨映千秋。

2021 年 10 月 6 日

游青莲诗歌小镇

相约金秋入蜀川,青莲古镇拜诗仙。
斯人已去神犹在,辉映文华千百年。

2021 年 10 月 6 日

游勉县武侯墓吟

一

定军山下武侯墓，古柏森森守冢魂。
一代名臣远嚣去，三分伟业万年存。

二

隆中一对三分鼎，二表臣心三顾酬。
六出用兵终抱憾，墓前九拜念悠悠。

2021 年 10 月 7 日

柿　子

落叶寒风又见冬，枝头柿子映天红。
田间垄野繁灯挂，致富乡民立大功。

2021 年 10 月 7 日

重阳二首

一

万壑千山叶正红,飘香菊桂秀芳丛。
举杯畅饮重阳醉,鹤发登高秋色中。

二

秋风送爽又重阳,菊艳枫红落叶香。
望远登高怀旧岁,举杯篱院道情长。

2021 年 10 月 12 日

夜雨有寄

叶黄雁去风凄冽,夜雨潇潇下不休。
已是暮秋君莫叹,笑看春色又枝头。

2021 年 10 月 13 日

重阳二首

一

九九又重阳,东篱菊正黄。
岁光留不住,两鬓染秋霜。

二

今岁又重阳,秋坡菊馥香。
登高望远处,游子念秦乡。

2021 年 10 月 14 日

嵌句咏霜降

飒飒西风满院栽,蕊寒香冷蝶难来。
秋深霜降君休怨,把酒东篱也乐哉。

2021 年 10 月 23 日

咏落叶

霜风萧瑟惹人愁，枯叶飘零冷雨秋。
春梦未停沉九土，来年还把绿荫酬。

2021 年 10 月 25 日

甘肃抗疫感吟

霜降来临寒气生，新冠突袭大金城。
黄河儿女齐心志，战疫擒魔保太平。

2021 年 10 月 28 日

赞疫防志愿者

霜风飒飒陇山凉，冠毒凶凶又逞狂。
但见红衣浑不怕，村头值守赤旗扬。

2021 年 10 月 30 日

戏题街照
——和学文局长

街头猛见美人唇,但叫少年欲断魂。
一片相思红叶就,秋风过后了无痕。

2021 年 11 月 3 日

嵌句感吟

浮云只道是人生,暖色流光送一程。
苦涩年华飞逝去,从来雨后会天晴。

2021 年 11 月 5 日

辛丑立冬二首

晨街随吟

一夜狂风不住鸣，萧萧落叶语声声。
谁人战疫晨街立，雪满肩头情满城。

初雪有吟

飘飘洒洒下瑶台，天遣琼花遍地开。
节已立冬秋已尽，东篱犹有暗香来。

2021 年 11 月 6 日

冬 菊

花身顶雪霜，寒野凛然香。
四季情如故，心头蕴暖阳。

2021 年 11 月 9 日

山村冬日咏怀

四野茫茫寒气逼,群山寞寞冽风吹。
惯看冷雨和飞雪,把酒东篱吟小诗。

2021 年 11 月 10 日

还致乙君

两年光景影匆匆,一颗思心在梦中。
绿水依依花意去,玉门关外待春风。

2021 年 11 月 13 日

贺礼县第十六次党代会召开

立冬难阻菊犹香,盛会兰仓开礼堂。
描绘蓝图谋振兴,乘风破浪启新航。

2021 年 11 月 16 日

贺十九届六中全会召开

喜携瑞雪落瀛台，浓墨蓝图写意来。
万里春风春又起，百年大梦伴梅开。

2021 年 11 月 16 日

贺县两会召开

菊野依依风已冽，群仙聚会礼堂来。
共商县是描春意，更喜红梅映雪开。

2021 年 11 月 18 日

辛丑小雪有吟

节临小雪见熙阳，犹有东篱菊馥香。
风雨严寒君莫畏，人生处处是春光。

2021 年 11 月 22 日

故园情思

一

满岭红枫似火燃,一川灯柿挂霜天。
家山梦里初冬景,片片心花飞故园。

二

家山一别卅春秋,多少相思多少愁。
袅袅炊烟鸡犬吠,故园如影客心头。

2021年11月26日

窗凌花

寒气幔窗台,描星伴月来。
芳心潜入梦,悄悄向君开。

2021年12月2日

冬　晨

千山素色诗情涌，万树银装画意丰。
但见寒行童稚众，嘟嘟嫩脸映霞红。

2021 年 12 月 5 日

甘肃秦文化博物馆

馆陈珍品大千藏，秦祖遗存古韵香。
可证西陲风物盛，堪传汉水岁时长。
青铜簋鼎呈神器，石磬编钟起乐章。
帝国征程今且晓，满眸瑰宝看沧桑。

2021 年 12 月 8 日

注：帝国，指大秦王朝。

咏　竹

霜欺雪压从容立，沐雨含珠最翠葱。
劲节高风原本亮，岁寒三友品心同。

2021 年 12 月 11 日

博物馆成功创建 4A 级景区感吟

一

历历三年苦雨多，前程路上叹蹉跎。
雪梅斗艳寒冬暖，秦地今宵唱凯歌。

二

谁把失望形影伴？三年追梦有秦人。
凄风苦雨何曾悔，历尽沧桑始得真。

2021 年 12 月 26 日

咏 冬

冬水烟川向客流，千山百壑鬓霜头。
寒笼万里诗情涌，四野茫茫蕴绿酬。

2021 年 12 月 28 日

元日感怀

六花曼妙叩窗来,墙角迎春艳笑开。
老暮已知霜鬓染,还将岁月费心裁。

2022 年 1 月 1 日

嵌句咏岁杪

雨雪风霜又一年,今临岁杪赋衷言。
茫茫旧事当盘点,漫漫新程再向前。

2022 年 1 月 2 日

辛丑小寒有寄

梨花曼舞下瑶台,北国小寒清积埃。
八水冰封诗意涌,三秦疫去待春来。

2022 年 1 月 6 日

雪

仙女瑶台散六花，千山叠玉树披纱。
举杯畅饮怀诗梦，万点梅红雪映霞。

2022年1月7日

嵌句缅怀周总理（新韵）

鞠躬尽瘁为人民，天下胸怀赤子心。
两袖清风明日月，今逢忌刻祭忠魂。

2022年1月8日

再吟腊八

腊八熬香粥，神州古韵留。
寒冬情已暖，心上柳芽柔。

2022年1月9日

隆冬感吟

逝水流光吟短歌，惶惶一载又蹉跎。
莫言往事难回首，且看梅红傲雪婀。

2022 年 1 月 11 日

有感闲吟

天晴天雨自由天，月缺月圆古难全。
花落花开花有意，缘来缘去当随缘。

2022 年 1 月 12 日

卸任咏怀

三载匆匆似梦游，无情岁月染霜头。
秦皇湖畔兼葭美，燕汉河滨健道悠。
嬴帝八迁书霸业，武侯六出表心愁。
千年恰遇冬寒冷，幸有梅红笑靥投。

2022 年 1 月 12 日

离任感吟

浮世区区几十秋,也曾迷惘也曾愁。
青春不负潮头立,岁月能勤印迹留。
一部四岗书大志,两乡两镇竞风流。
寒蝉何必高枝上,《汉水清波》韵自悠。

2022 年 1 月 12 日

《汉水清波》结集吟

汉水悠悠情亦在,祁山巍峻意长存。
文朋诗友如相问,一片冰心不坠云。

2022 年 1 月 12 日

辛丑大寒吟

雪在寒窗旋,围炉香茗天。
王孙谁羡慕,诗酒度流年。

2022 年 1 月 20 日

有　赠

思君难见面，唯有泪千行。
醉嗅寒风里，红梅笑语香。

2022 年 1 月 20 日

吟　梅

冬意最寒人，雪来梅有神。
虬枝红蕊绽，香气满吾身。

2022 年 1 月 22 日

叹评优选先

和尚无经终佛外，道人符咒贴台中。
劝君莫笑阴阳倒，正果蒙羞次果红。

2022 年 1 月 23 日

给 YMY

明眸皓齿笑先来,艳似桃花粉黛开。
美丽人生书惬意,春风十里上高台。

2022 年 1 月 25 日

小年吟

又是家家祭灶忙,千年古韵久留香。
谁知上界言何事,但愿人间降吉祥。

2022 年 1 月 25 日

回望文旅三年感吟

逝水流光谁可索,惶惶三载叹蹉跎。
祁山有意留尘影,盐井无声和韵波。
曾唱《蒹葭》酬壮志,自应融合去沉疴。
人生原本多风雨,一笑回眸又若何。

2022 年 1 月 28 日

月夜自吟

夜半凭栏望月明,心头早有故人行。
清流若是千杯酒,但愿同君醉别情。

2022 年 1 月 28 日

过年吟

街上花灯似火燃,田畴雪蕊兆丰年。
惠风吹得山河醉,佳节描红霞满天。

2022 年 1 月 30 日

步韵张维刚会长《拜年》(新韵)

钟声迎岁喜临门,虎虎生威笔走神。
吟醉诗词千百句,冰心一片寄同仁。

2022 年 2 月 2 日

附张会长原玉《拜年》

钟声除夕喜迎门，虎岁生威最有神。
寄去拜年心里话，诗词祝福送同仁。

题《只此青绿》

筝迷舞韵传神趣，只此江山蕴青绿。
飘袖素裙佳丽云，入心悦耳醉仙曲。

2022 年 2 月 3 日

喜迎虎岁

金牛犁雪去，银虎下山来。
尽带祥灵瑞，随呈福禄财。

2022 年 2 月 4 日

北京冬奥会

立春新节岁,虎啸雪冰年。
圣火熊熊烈,中华双奥圆。

2022 年 2 月 4 日

立春节感吟

东君临陇上,未带一丝红。
非是情缘浅,芳心待好风。

2022 年 2 月 4 日

春寒咏梅

雪飞寒气冽,难阻岭梅歌。
诗酒年华暖,王孙奈我何。

2022 年 2 月 7 日

赞女足亚洲杯夺冠

其 一

英姿飒爽女儿帅,绿草坪中似箭飞。
虎足生威赢大赛,铿锵捧得奖杯归。

其 二

虎虎生威喜事迎,中华女足冠军名。
亚洲从此写方正,世界而今赞精英。

2022 年 2 月 12 日

观花随吟

娇姿那惧寒风冽,缕缕相思扑鼻来。
但愿人间春意在,痴心一片伴君开。

2022 年 2 月 12 日

迎新三咏

一

匆匆一载又新年,往事悠悠化作烟。
遥望前程何所寄,家山常绿梦常圆。

二

虎啸牛鸣度险关,时光难问向谁闲。
冰开柳萼红梅绽,但送清香展笑颜。

三

又是春来艳照天,枝梢喜鹊舞翩跹。
千重景色吟新赋,万里东风唱和篇。

2022 年 2 月 12 日

咏"四大美女"

西 施

沉鱼落雁国天色,义举更添红袖香。
相伴蠡公情自在,江湖只当是归乡。

王昭君

孤影凄风赴北荒,女儿爱恨两茫茫。
情甘弱体担兵祸,一片丹心稳国疆。

貂 蝉

女子情绵柔似水,义肝侠胆比钢坚。
舍身只为酬恩主,莫道魂归渺若烟。

杨玉环（新韵）

信是嫦娥玉枕眠,大唐天子醉红颜。
马嵬坡上花魂去,笔底沉浮话逝年。

2022 年 2 月 13 日

北京冬奥会

虎啸梅红中国年,健儿喜聚五环前。
冰姿雪舞争妍绽,放鸽和平奏凯旋。

2022 年 2 月 13 日

感 吟

兴来落笔咏诗笺,一颗虔心对大千。
纵有红尘花万朵,何曾着意话流年。

2022 年 2 月 14 日

元宵节

红梅映雪闹元宵,虎跃龙腾河岳娆。
火树银花圆月夜,情人对对上仙桥。

2022 年 2 月 15 日

观棋有感二首

过河卒

卒兵小小计谋多,一不留神跨楚河。
杀入汉方元帅府,擒王亦奏凯旋歌。

卧槽马

楚河汉界起风云,卒士相车厮杀闻。
棋似人生多变化,卧槽马可将奇军。

2022年2月19日

壬寅雨水节吟

二月东风未渡河,雪花更比雨花多。
时交序替新篇季,莫负春光唱浩歌。

2022年2月19日

雨水节气

雨润绿芽生，冰开细水声。
东风惊柳色，万物向春荣。

2022 年 2 月 19 日

观闭幕式再咏北京冬奥会

圣会雪中开，嘉朋四海来。
五环情未了，双奥一城魁。

2022 年 2 月 21 日

春　望

小雨润田桑，氤氲清气香。
桃腮初露艳，柳眼早开光。
燕子新居筑，农夫稼穑忙。
家山收景秀，春色入诗囊。

2022 年 2 月 22 日

口占二绝

一

人生路不平，坎坷伴征程。
但看天边月，何曾夜夜明？

二

日日但吟诗，人人笑我痴。
阴晴何必计，得失自心知。

2022 年 2 月 25 日

悼董双定先生

二月春寒风正冽，苍天无眼失英才。
文华墨秀一高士，亮节流芳涤世埃。

2022 年 3 月 1 日

壬寅春龙节吟（新韵）

东风一夜度关山，柳醒冰开春又还。
今日猛龙天际起，祈祥瑞虎啸寅年。

2022 年 3 月 4 日

惊　蛰

惊雷一响震云天，虫蛰抬头炫舞翩。
农事随时今又始，秋来硕果话丰年。

2022 年 3 月 5 日

桃　花

不屑天香色，先开最嫣红。
何愁颜易老，飘落伴春风。

2022 年 3 月 6 日

三八节咏女教师

巾帼由来半碧天,讲台三尺乐耕田。
春风化雨滋桃李,汗水人生心梦圆。

2022 年 3 月 8 日

陈强侄华科大获奖寄语

不辜亲族望,更上一层楼。
奋斗前程路,人生硕果酬。

2022 年 3 月 9 日

风　筝

携缕东风上碧天,长空万里一丝连。
只因命运由人控,身粹还回出发前。

2022 年 3 月 9 日

咏 春

东风清夜至，北岭素颜痴。
化水冰声伴，醒山花色随。
田农忙稼穑，燕子起新炊。
秦苑春潮荡，秋来硕果枝。

2022 年 3 月 10 日

喜 春

东风一夜叩窗筠，柳絮惊飞往昔尘。
桃杏花开香缕缕，蝶蜂曼舞满城春。

2022 年 3 月 12 日

感 吟

逐梦逝流光，经年染鬓霜。
天涯羁客问，何处是归乡？

2022 年 3 月 14 日

"3·15"维权感吟

商贾无良利欲熏,瞒天过海假充真。
全民高举维权剑,还我中华朗朗春。

2022 年 3 月 15 日

春分节气吟

匆遽又中春,由然春半分。
春花香万里,春圃乐耕耘。

2022 年 3 月 20 日

咏 春

一

东风剪绿柳丝绦，莺燕沈园呢语娇。
眸喜家山春意荡，江天万里竞妖娆。

二

东风一夜到家山，细雨菲菲江笼烟。
岸柳青青飞絮舞，桃花斗艳蝶蜂翩。

2022 年 3 月 20 日

兰仓之春

蜂歌蝶舞花留影，锦绣秦园绿作茵。
又见渔翁西汉畔，一竿钓起半河春。

2022 年 3 月 21 日

致谢友人寄茶

故人千里寄新芽,赶在明前到我家。
缕缕清香杯溢醉,心花朵朵赛春花。

2022 年 3 月 26 日

悼东航空难同胞

噩耗传来举世惊,同胞百十断还生。
苍天应是悲无眼,泪雨纷纷诉悼情。

2022 年 3 月 27 日

寻　春

独步江堤苦觅寻,惠风缕缕慰吾心。
桃花含笑牵丝柳,燕子轻轻唱和音。

2022 年 3 月 30 日

醉　春

一

柳浪层层绿，桃花点点红。
客游心自醉，只在画乡中。

二

柳绿暖风裁，桃红陌上开。
摇枝香十里，笑醉美人腮。

2022 年 4 月 1 日

清明一首

梨花带雨又清明，再见坟茔草色青。
儿女思亲噙泪拜，千年祭礼未曾停。

2022 年 4 月 4 日

壬寅清明吟

梨花带雨又清明，疫祸家山阻祭程。
默向祖茔遥致拜，心头和泪泪含情。

        2022 年 4 月 5 日

清明再吟

每到清明泪忆亲，双亲作古已成神。
思心悠婉情难待，铺纸书文祭圣人。

        2022 年 4 月 5 日

清明公祭

清明恰是梨花雨，公祭英魂举国同。
万念百哀添热血，丹心铸志贯长虹。

        2022 年 4 月 6 日

春　曲

惠风盈袖舞，桃杏沁心香，
蜂蝶花枝闹，农夫稼穑忙。

2022 年 4 月 7 日

感　吟

一

浮云怕是不由身，未料随风又一春。
回首往程多少泪，吾心难解问谁人。

二

莫羡浮云处处家，朔风吹送满天涯。
祁山自有怀中玉，不问桃花与李花。

2022 年 4 月 7 日

乐 春

一夜东风又绿稠,百花悦目去千愁。
文朋诗友赏春聚,把盏吟怀醉意悠。

2022 年 4 月 9 日

季春聚友聚朋湾(新韵)

烟柳摇春色,香花染碧园。
偷来闲半日,兴醉聚朋湾。

2022 年 4 月 9 日

晨游新城公园

昨夜东风丝雨酬,晨花绽笑乐悠悠。
秦湖翠柳撩人趣,燕悦莺鸣剪去愁。

2022 年 4 月 9 日

嵌句惜春

纷纷红紫已成尘，落落荷花邀故人。
青杏枝头偷脸笑，转身又别一年春。

2022 年 4 月 10 日

人间四月天（新韵）

最美人间四月天，杨花柳絮舞翩翩。
穹街酥雨农田润，种豆插秧几个闲？

2022 年 4 月 13 日

壬寅倒春寒

已是春姑千百媚，花红柳绿碧山容。
偷偷一夜袭飞雪，陇上江南又入冬。

2022 年 4 月 14 日

闲夜自吟

其 一

四季阴晴无意写，几多苦乐自心知。
一壶浊酒邀君饮，醉卧乡园但咏诗。

其 二

半生行咏半生忙，浅唱低吟觅妙章。
淡饭清茶聊自慰，书香墨语度流光。

2022 年 4 月 15 日

四月雪（新韵）

家山昨夜又风雪，吹落枝头花万层。
燕语声声依暖景，农人眉锁叹收成。

2022 年 4 月 16 日

贺神舟十三凯旋

三英奔月半年多，巡探长空渡汉河。
摘得星星辉熠返，九州四海放欢歌。

2022 年 4 月 19 日

谷雨有吟（新韵）

布谷声声唱暮春，绿肥红瘦意深深。
离人最忆故园趣，点豆栽瓜爷带孙。

2022 年 4 月 20 日

谷雨吟（仄韵）

暖阳头顶照，布谷声声叫。
点豆种瓜田，谁怜老跟少？

2022 年 4 月 20 日

礼县苹果花节

汉水悠悠百里红,苹花灿灿万家容。
翩翩蜂蝶翩翩舞,恰恰笙琴恰恰浓。
商客徐来签约夏,游人惊喜竞频冬。
年年此季秦风唱,盛世今声赞果农。

2022 年 4 月 20 日

苹果花节二首

一

兰仓四月柰花开,粉蕊娇容妆雪腮。
百里秦川香馥郁,民盈国富喜迎来。

二

嫣红粉蕊向谁开,百里秦川惹客来。
郁郁芳心君有醉,甜甜蜜蜜笑盈腮。

2022 年 4 月 20 日

感 吟

一缕相思一缕愁,悠悠往事寸心留。
东风难解少年意,岁月无情染白头。

2022 年 4 月 25 日

暮春感怀

柳絮翩翩送暮春,纷纷红紫已成尘。
游园邂逅惊霜鬓,可是当年梦里人?

2022 年 4 月 28 日

晚步吟二首

一

夕照落霞红,徐徐向晚风。
闲来贪慢步,已是白头翁。

二

健步豪情在,斜阳霞气流。
秦风悠悦耳,唐韵度春秋。

2022 年 4 月 30 日

五一吟

榴花五月开，佳节觅香来。
劳动传承美，荣光汗水裁。

2022 年 5 月 1 日

夜雨有吟

瑶界相思生玉泪，人间湿透海棠枝。
小楼一夜听风雨，旧梦新愁几故知？

2022 年 5 月 2 日

也咏牡丹

媚娇华贵人间绝，国色天香世所夸。
若莫群芳来映衬，一枝独秀怎奇葩。

2022 年 5 月 3 日

感怀二首

一

岁月无情催梦老,霜花两鬓暮秋来。
也曾蜡烛惑疑解,不悔乡官富树栽。
三载民宗能事顺,寸心文旅尽吾才。
夕阳莫叹余晖短,诗酒年华任我裁。

二

半世回眸感慨多,虽然庸碌未蹉跎。
草堂岁月为人善,宦海沉浮于我何。
且自拾阶攀峻岭,更曾蹚水渡长河。
温馨最是诗书酒,风雨年华但咏歌。

2022 年 5 月 5 日

立 夏

红残绿翠送芳春,满目葱茏节又新。
青杏枝头偷脸笑,半池莲影韵迷人。

2022 年 5 月 5 日

咏 荷

袅娜娇姿鹤舞翩，一湖翠色醉长天。
谁言身出污泥里，傲骨琴心赛玉仙。

2022 年 5 月 6 日

母亲节大雨吟

谁惹天公意不平，滂沱大雨阻人行。
客心缕缕思亲泪，可是茔前泣泣声。

2022 年 5 月 8 日

母爱赞

母爱大无边，情深比海川。
今生安可忘，来世亦绵绵。

2022 年 5 月 8 日

诗送秦怡

嫣然仙女世尘生，闭月羞花德范名。
艺苑耕耘酬白发，影坛绎梦寄心声。
几多坎坷寻常事，百岁风霜天地情。
今夕洁身瑶界去，吟诗一首送君程。

2022 年 5 月 10 日

注：秦怡，别名秦德和，2022 年 5 月 9 日逝世，享年 100 岁。2019 年被评为"最美奋斗者""人民艺术家""中国百年电影史的见证者和耕耘者"。

夏日秦皇湖

碧水涵空明若镜，烟汀柳岸乐游轮。
蛙声一片秦湖暖，几缕渔歌醉旅人。

2022 年 5 月 16 日

题初中毕业照

四十年华似影匆，重逢只在梦游中。
人生若果如初见，还是青葱一玩童。

2022 年 5 月 18 日

回乡吟

缕缕槐香风欲醉,声声喜鹊伴蝉鸣。
乡村五月少人影,归客无门话别情。

2022 年 5 月 18 日

喜迎二十大

扶起江山更启明,百年风雨百年情。
阳光灿灿前程路,二十高歌浩浩声。

2022 年 5 月 18 日

小 满

青杏枝头偷脸笑,山川翠绿夏花香。
西江水阔盈盈醉,麦浪描图正灌浆。

2022 年 5 月 21 日

感 吟

一

璀璨星河千盏梦，无情尘世有痴情。
野花纵使迷人眼，岂可枯枝乱笛声。

二

千思万绪惹无眠，夜半披衣窗户前。
风软花香蛙语浅，悠悠往事乱心田。

2022 年 5 月 22 日

纪念《"双百"讲话》发表 80 周年有吟

八十春秋俱往昔，百花齐放指针明。
初心不忘是宗旨，二为新程铸至情。

2022 年 5 月 23 日

贺省第十四次党代会召开

五月榴花映日红,陇山陇水醉葱笼。
乡村振兴风酣劲,盛会今逢腾彩虹。

2022 年 5 月 26 日

喜迎二十大

江山开锦绣,河岳一轮红。
甘大筑新梦,中华万代雄。

2022 年 5 月 30 日

大香山感吟（新韵）

云缠雾绕大香山,峰染丹青醉九仙。
一片虔心尘客拜,人间真有舍身缘?

2022 年 5 月 31 日

注:大香山在甘肃礼县雷坝镇境内,是观音文化发祥地,相传为妙庄王的女儿妙善公主舍身崖舍身救父而修道成千手千眼观音之地。

参加儿童节活动感吟二首

一

童稚舞姿秀，娇声嫩语甜。
韶华今不再，欢乐似昔年。

二

岁月疾如风，孩童已老翁。
尘缘谁不了，笑对夕阳红。

2022 年 6 月 1 日

过秦安

秦水还吟笑，秦山亦画丹。
两千年一梦，秦客过秦安。

2022 年 6 月 2 日

观武山石展"中国人"奇石

世界大千里,凡尘中国人。
当知奇石语,最是养精神。

2022年6月2日

端午随吟

《离骚》传世两千年,佳节端阳祭屈原。
艾草粽香飘古韵,龙舟汨水颂忠恩。

2022年6月3日

友人端午寄粽有赠

半世悠悠心最近,包包香粽寄深情。
千山万水意无尽,但送安康伴此生!

2022年6月3日

端午诗词吟诵会感吟

馥馥粽香盈,浓浓端午情。
《离骚》千古韵,吟诵有凄声。

2022 年 6 月 3 日

石　榴

一

人间五月艳阳天,始见榴花映日妍。
喜看秋枝丰硕果,心心籽籽紧相连。

二

五月榴花映日荣,赤心燃起几多情。
秋来喜看红红果,粒粒相团似弟兄。

2022 年 6 月 4 日

初夏过秦州农村（新韵）

油路盘盘过几弯，画村处处见炊烟。
樱桃红透青山里，夹道甜声销野鲜。

2022年6月4日

赞神舟十四发射成功

大漠烽烟圣酒泉，神舟十四喜冲天。
中华科技振穹宇，星月探幽续状篇。

2022年6月5日

端午回乡有吟

端午粽飘香，离人归故乡。
旧居伤寂寞，客路感凄凉。
绿树依然在，墙花独自芳。
高堂全逝去，忆昔断柔肠。

2022年6月6日

芒 种

杨柳摇枝翠,榴花吐蕊红。
田家芒种急,秋日庆年丰。

2022 年 6 月 6 日

芒 种

风吹麦浪日炎躔,雨润青梅煮酒天。
但见田头人影动,农夫挥汗话丰年。

2022 年 6 月 6 日

端午回乡吟

满眸麦浪涌金黄,耳畔新蝉唱乐章。
端午回乡来祭奠,难尝娘擀面条香。

2022 年 6 月 6 日

赠高考生二首

一

十载寒窗度苦辛,今朝场上最煎人。
题名金榜圆心梦,不负师恩不负亲。

二

十载寒窗非等闲,曾流汗水雨连连。
榴花香里圆心梦,一跃龙门做大贤。

2022 年 6 月 7 日

麦黄时节

玄鸟声声暑气狂,但书田亩染金黄。
连天麦浪农家喜,汗水流香粒满仓。

2022 年 6 月 8 日

再致高考生

十载寒窗苦，何曾得半闲。
扬帆遨墨海，攀险越书山。
立志云霄外，修身学苑间。
题名圆大梦，高奏凯歌还。

2022 年 6 月 8 日

西山晨练再吟

健身晨陌上，喜沐满山霞。
耳悦千声鸟，心开一路花。

2022 年 6 月 9 日

咏　怀

时光无寸影，山水有清音。
多少红尘事，能安是我心。

2022 年 6 月 10 日

夏日感吟二首

一

花开花落春归去，荷翠榴红锦韵新。
但信此生圆大梦，青山夕照醉吟人。

二

流金田野韵飘香，玄鸟声声催麦黄。
沃土农家描锦绣，振兴路上意飞扬。

2022 年 6 月 11 日

题赠汉水秦声自乐班

明月如盘挂夜空，河边向晚爽清风。
兰仓雅士承文兴，汉水秦声韵贯虹。

2022 年 6 月 12 日

回乡四咏

春

云卧青山山滴翠,雾笼碧水水含烟。
清风软软莺声脆,眸野花香蜂蝶翩。

夏

满山青绿似流翠,遍野金黄麦浪香。
蝉唱耳边音韵美,蛙声一片送清凉。

秋

路边黄菊送清香,苹果红姿着艳妆。
正是家山描美景,踏秋游子好回乡。

冬

寒流凛冽雪花飘,树挂银铃画韵描。
故里景光撩客醉,梅摇红粉醉千娇。

2022 年 6 月 13 日

秋夜有吟

萧瑟秋风夜漫长，寒星冷月倍凄凉。
红尘滚滚情何在，墨染清词泪两行。

2022 年 6 月 16 日

中秋夜吟

云自悠悠水自流，故人离别几中秋。
遥望天宇问圆月，可寄相思万缕愁。

2022 年 6 月 18 日

过长安岘随吟（新韵）

满眸滴翠梦萦空，诗意阑珊数岭云。
浮世无非名与利，我心安处不沾尘。

2022 年 6 月 19 日

冬夜有吟

朔风冽冽雪花约，向晚寒光点木楼。
文友举杯诗醒梦，一壶老酒煮春秋。

          2022 年 6 月 20 日

贺福建舰下水

福舰今朝着靓妆，蛟龙入海守安康。
中华儿女多奇志，永保江山万古长！

          2022 年 6 月 20 日

父亲节思父

阴阳两隔十春秋，节日来临泪雨流。
思念悠悠无处寄，眉头才下上心头。

          2022 年 6 月 20 日

夏　荷

碧水摇荷亭玉立，红腮粉面似含羞。
迎风炫舞池中笑，蝶恋蜂迷歌不休。

2022 年 6 月 21 日

夏至吟

一夜惠风迎夏至，麦黄蝉唱藕花开。
蜻摇荷影蛙声鼓，放眼丰收款款来。

2022 年 6 月 21 日

发榜时刻

榜明一刻最熬煎，忐忑难安心若悬。
风雨人生终有定，输赢坦对是晴天。

2022 年 6 月 23 日

采风活动吟

满目碧流峰滴翠，云边雀唱野花新。
半簑烟雨采风里，天醉青山诗醉人。

2022 年 6 月 28 日

盛夏南山采风

南山寻梦采风中，满目清新雨韵濛。
芳草萋萋人未老，诗心一路伴吟翁。

2022 年 6 月 28 日

七·一颂歌

星火南湖红焰起，迎风破浪踏征程。
百年筑梦宏图锦，昂首千秋日月明。

2022 年 6 月 30 日

香港回归二十五周年感吟

香江吟浪声,廿五紫荆情。
一颗团圆月,今宵分外明。

2022 年 7 月 1 日

四月八日夜大风吟

子夜狂风惹客愁,听花落地到眉头。
由来惆怅无穷尽,又伴相思上酒楼。

2022 年 7 月 1 日

庆七·一喜迎二十大

百年大党正风华,凤舞龙腾世典范。
硕果金秋迎盛会,东方圆梦万枝霞。

2022 年 7 月 1 日

赠文旅诸君（新韵）

别意柳丝牵，离君已半年。
心飞千里外，情寄水云间。

2022 年 7 月 2 日

小暑吟

万里无云热浪翻，清风几缕也徒然。
谁怜收麦农家苦，汗雨飞流小暑天。

2022 年 7 月 7 日

赞红川酒

莫夸精艺制琼浆，但说沾唇香韵长。
酿得至纯粮食酒，还凭同谷好风光。

2022 年 7 月 8 日

贺官鹅沟景区升 5A 级景区

天瀑飞珠呈靓景,千年雷古意悠悠。
陇南九寨风光秀,五级荣膺万客游。

2022 年 7 月 10 日

塘边观荷

一塘碧水荡涟漪,仙子临风摇舞姿。
朵朵嫣然清影弄,低眉听客兴吟诗。

2022 年 7 月 18 日

摘　椒

村头云半卧,山树暮蝉鸣。
伏地花椒摘,农工额汗横。

2022 年 7 月 19 日

大暑日游公园心湖

晴光倒影绿成堆,湖畔依稀过榭台。
拂面柳丝还识我,去年今日故人来。

2022 年 7 月 20 日

闲　吟

梦里不知身是客,红尘当笑一书生。
多情自叹春光逝,吟醉小楼听雨声。

2022 年 7 月 23 日

诗咏秦都礼县

秦地人文自古煌,秦都六出久名扬。
秦腔本是原生调,雅唱秦风传四乡。

2022 年 7 月 25 日

注:甘肃礼县,是大秦帝国发祥地,有秦人四大陵园之首西垂陵园,亦是诸葛亮六出祁山的三国古战场,素有"秦皇祖邑,三国胜地"美称。

题赠李娜

轻盈秀目笑微微,似欲晨曦踏露归。
细语柔情人楚楚,青春绽放斗芳菲。

2022 年 7 月 26 日

游神柳山庄咏荷二首

一

一口方塘千朵花,芳香馥郁向天涯。
炎炎暑日君休怕,但送清凉到万家。

二

暑日炎炎觅习风,清荷馥郁醉游翁。
雨描池影惊幽客,方晓黄昏暮色蒙。

2022 年 7 月 30 日

夏日家院随吟

小院绿情生夏凉,枝头瓜果送馨香。
红尘岁月寻常过,但咏诗文在草堂。

2022 年 7 月 31 日

有感闲吟

其 一

风雨今生立暮枝,阴晴冷暖自心知。
闲吟唐宋诗词韵,何惧他人笑我痴。

其 二

浮生花甲早辞春,老树枯枝叶又新。
不恋红尘恋唐宋,为圆旧梦做诗人。

2022 年 7 月 31 日

赞武警（新韵）

凛凛英姿最有神，临危冲阵第一人。
铁肩担起平安义，情寄家国铸警魂。

2022 年 8 月 1 日

立 秋

一夜无眠汗满楼，珠珠心事涌眉头。
推门些许微凉意，告我今晨已立秋。

2022 年 8 月 7 日

礼县体育馆开建喜吟

猎猎彩旗翔，欣欣建馆场。
卅年圆大梦，汉水喜流香。

2022 年 8 月 15 日

贺清水诗词学会成立

秋色向吾传喜讯,轩辕故里结诗盟。
唐风宋韵秦亭起,清水烟波涌浪声。

2022 年 8 月 18 日

《黄河诗阵》周年庆

风起大金城,黄河涌浪声。
吟哦唐宋韵,儿女最多情。

2022 年 8 月 21 日

《黄河诗阵》周年庆

去秋风起大金城,九曲黄河涌浪声。
一载咏哦唐宋韵,陇山陇水醉吟情。

2022 年 8 月 22 日

《党的建设》四十周年庆

白塔韵秋声,黄河岸上生。
辉煌今卌载,廿大起新程。

2022 年 8 月 25 日

《党的建设》创刊四十年赠

如梭日月匆匆过,漫漫人生幸会君。
似遇良师谆教诲,恰逢益友取经文。
树红儿女鸿鹄志,染绿山川桃李芬。
卌岁青春风雨路,初心再铸陇原魂。

2022 年 8 月 26 日

贺祁山三国文化产业园开工

旌旗猎猎扬,盛典舞歌香。
土堡千年秀,西江岁月长。
武侯征伐地,三国古沙场。
文化吟新曲,旅游著华章。

2022 年 8 月 28 日

壬寅双节吟

双节相逢庆,九州共乐然。
尊师今古颂,拜月望团圆。

2022 年 9 月 10 日

注:双节指中秋节、教师节。

秋

金菊霓裳舞,红枫锦绣妆。
蒹葭情不老,白首话衷肠。

2022 年 9 月 13 日

街头偶遇发小感吟

千年赤土幽,汉水韵悠悠。
卅载韶华逝,相逢喜泪流。

2022 年 9 月 13 日

秋深有感

不觉秋声渐入凉,半坡野草已成荒。
风摇落叶描金画,雨打残荷弄影塘。
夜露清霜眸满色,寒虫嘤鸟菊疏香。
无情岁月轮回转,可叹华年梦一场。

2022 年 9 月 18 日

贺二十大胜利召开

遍地金黄溢笑容,满山红叶道情浓。
京城盛会佳音奏,华夏复兴登翠峰。

2022 年 10 月 18 日

再获《党的建设》征文奖即兴

仓颉结情缘,如烟三十年。
由来多少事,禅意也陶然。

2022 年 10 月 20 日

壬寅腊八

千年节味长,腊八粥飘香。
且驱疫瘟去,春声响四方。

2022 年 12 月 28 日

再登翠峰(新韵)

去岁登峰今日同,文朋诗友翠云醺。
惠风依旧绿依旧,吟醉何曾见梦人。

2023 年 3 月 3 日

登翠峰赠宣传部同仁

春至翠峰诗百韵,结缘攀顶欲凌云。
兰仓最是好风景,花正红时却别君。

2023 年 3 月 3 日

离岗吟怀

满怀诗梦好吟哦,会海文山却奈何。
去职江湖相见处,春光旖旎自狂歌。

2023 年 3 月 5 日

离岗感吟

卅年六载意何求,往事如烟萦白头。
自笑喜悲时有顾,遥思吟梦每能酬。
寸心岁月随云杳,半世韶华似水流。
无悔今朝离职去,一杯清酒醉悠悠。

2023 年 3 月 6 日

酒后街行有感（新韵）

几度春风花烂漫,兰仓灯火夜阑珊。
楼头还是秦时月,笑我诗狂醉步颠。

2023 年 3 月 17 日

兰仓春早

香风荡绿卧晴沙,新燕飞回汉水家。
眸悦兰仓春意满,柳丝戏蝶醉桃花。

2023 年 3 月 23 日

油菜花

谁点金黄亮眼芒,河山万里荡清香。
菜花今作丹青手,蘸取春风画彩装。

2023 年 3 月 30 日

游云华山

常思小华山,今日喜登攀。
峭壁乾坤赋,瑞峰仪礼环。
垂询云里寺,谈笑座中颜。
悟道松声意,情怀寄此闲。

2023 年 4 月 2 日

癸卯清明

噙泪清明扫墓行，双亲作古已成神。
眸前往事难追忆，杏雨惊醒梦里人。

2023 年 4 月 5 日

诗友贺诗十二首

贺《汉水清波》诗集付梓
陈 琪

一册书笺溢墨香，缀文采句著华章。
宏诗奏响兰仓曲，汉水清波誉四方。

岁暮书怀
寡瓜牛

三年两句半消磨，满纸辛酸浊泪多。
赋得穷冬冰雪后，春归汉水泛清波。

祝贺《汉水清波》付梓
河畔柳

足遍神州海与川，吟哦万里枕诗眠。
涓流汩汩凝千日，心迹昭昭汇巨笺。

贺秦波《汉水清波》
王建花

波随朝雨碧峰倾，人倚兰舟江月明。
诗寄余情天未老，石当捷径听泉清。
偶尔信口三两句，时有莲花朗日行。
遥望征途何所似，高云独去一鸥轻。

采桑子·祝贺秦波《汉水清波》出版（新韵）
秋雨

十年风雨成书梦，岁月何多，尽日如梭，夜半偷光逐字酌。

江湖一展华章内，拾趣成箩，汉水清波，付梓心声任和歌。

临屏寄秦波公

马 娃

把盏听潮不忍听，蓝关雪阻雪堂封。
岳阳一赋灼千古，且共先生自在行。

恭贺秦波《汉水清波》付梓出版

申贵怀

三年敲韵赋新章，汉水清波意味长。
屡见呕心惊句出，常看沥血润毫忙。
美诗舒卷犹堪贺，佳律凝魂自炜煌。
回望走过攀折路，岂不鼓掌喜洋洋。

贺秦兄《汉水清波》出版

孺子牛

心声雅集暮冬时，字字清音韵自奇。
缘结吟坛情不老，身居宦海志无移。
风云事业两眉雪，寒暑行踪一卷诗。
健笔纵横豪气在，春来且看墨翻池。

致老同学

刘清宇

曾是风流倜傥人,园丁政客道精神。
吟诗作画豪情放,赏月出书杯酒新。
燕子河边舒广袖,兰仓室内舞红巾。
而今退享天伦乐,小曲轻哼不染尘。

贺秦波《汉水清波》付梓

李　望

其　一

汉家将士定江山,水上欢歌饮酒泉。
清洌入喉豪气发,波流万古说燕然。

其　二

十年风雨十年梦,一宿一程关故人。
首倡登山怀寄意,还承器建累劳身。
旅游事业民生计,文脉宣传祖邑春。
多少心声清韵里,平生不使愧为秦。

致秦波

刘清宇

与君相识在兰仓,四载同研孔孟章。
尔去白河从教育,我临漾水散书香。
栋梁代代黉门出,工匠茌茌事业祥。
为政清廉公仆颂,做人纯朴好儿郎。

致秦波

尚平太

幼时同学三两载,多年未见云鬓改。
梦里依稀仍少年,飒爽英姿脸膛圆。
学习姣姣锋初露,事业渐渐稳向前。
育才桃李满天下,转行行政又经年。
荣幸迁升城建局,两袖清风尘不染。
闲来博览今古书,睹物思情赋诗篇。
诗人胸中藏成竹,绘出故乡蔚蓝天。
新岗建树程无量,放眼陇南心底宽。
初心未改终不诲,牢记使命在心田。
一心为公传佳话,愿留清史在人间。

2020 年 12 月 9 日

后 记

> 一片豪情对墨笺，斟词酌句度流年。
> 喜描壮美西山岭，漫咏缤纷南圣泉。
> 物欲轻抛多惬意，风云淡看少怀牵。
> 休言霜鬓当停歇，韵路催征再着鞭。
>
> ——《五十四岁生日咏怀》

这是我不久前写的一首七律，不难看出我生命之树已刻印了 55 道年轮。屈指算来，工作 36 年，喜好涂鸦 38 年，走过了许多难忘的人生岁月，经历了许多难忘的人生风雨……再过几年将年届花甲，会离开工作岗位过赋闲在家的日子，想想过往，感慨良多。但一切似乎都蕴含在这首诗中了，变了的是年华虚度，是岁月沧桑，不变的是情怀雅趣，是人间真情。

礼县是秦人发祥地，三国古战场，有秦人"第一陵园"——西垂陵园，有诸葛亮"六出祁山"的祁山古堡，更是《诗经·秦风·蒹葭》诞生地。生活在这方历史悠久、人文厚重的热土上，作为秦人后裔，我少年时代就开始喜好诗文，几十年间，断断续续，笔耕不辍，然而功夫不到进步不大，难能写出较好作品，虽则如此但兴趣不减，尤其近年又喜欢上中华传统文化古体诗词，时有吟哦，多为工作生活之点滴记录，亦为留下心灵之些

许感悟。2018 年秋将此前一些习作整理出版了诗文集《岁月印痕》，不怕现丑赠予亲朋文友，算是一个小结。

　　这本《汉水清波》诗词集，共收录诗歌近 800 首，是近 4 年来的古体诗词习作。诗言志，歌咏情。这些习作，尽管还不太成熟，抑或有意境格律等方面不足，但比之《岁月印痕》自觉稍有进步，记录抒发了从事文旅工作三年和宣传思想工作一年的所为所感，也记录折射了有幸参与亲历的 21 世纪我国最伟大的工程——脱贫攻坚的记忆印痕。

　　真心感谢我们生活在这个伟大的时代，很羞愧自己稚笔不能描述讴歌这伟大时代如诗如画的火热生活……所以说，习诗一直在路上，路漫漫兮，吾将上下而求索！

时光无寸影，山水有清音。
多少红尘事，能安是我心。

——《咏怀》

　　就以这首小诗《咏怀》作为后记的结束语吧。感谢为拙作作序的尊敬的领导、师长赵文博先生！感谢多年来一直给予我支持帮助的家人朋友、领导同事！谢谢你们！

2023 年 4 月 8 日于古兰仓西汉水畔